KB066650

페디큐어

페디큐어

최세운 시집

아시아

시인의 말

사랑하는 어머니와
사랑하는 인애에게

페디큐어

시인의 말

모든 것은 기억에 관한 이야기

아버지가방에들어가신다, 1/250

진실의 순간, 치즈

컷, 비네팅이 되는

해설

모든 것은 기억에 관한 이야기

몬순

흔들리는 당신은 길어. 우산 밑으로 아기들이. 손을
자르며 온다. 오래된 성당처럼. 피 흘리는 거라고. 아기
의 잘린 손목에서. 산이 불타며. 마을이 불타며. 굴뚝이
불타며. 당신이 불타며. 노래가 불타며. 소금이 된 다리
들이 떨어진다. 가늘고 긴 성대 하나를 주워. 흔들리는
당신은 길어. 당신은 불덩이에 던져진 신발로 온다. 선반
에 머리는 세울 수가 없는 거라고. 우산 밖에서 재가 된
다고. 나무 두 그루가 아름다웠다. 고해소의 창틀처럼.
뒤를 돌아보지 말라고. 귀를 열지 말라고. 모든 지붕을
무너뜨리며. 당신이 온다. 이마를 갖고 싶은 사람들이.
창문에 서서 입김을 분다. 허공을 향해 굿는 거라고. 세
어본다고. 가득하다고. 아득하다고. 끊어진 손들이. 내
발을 가만 쥐는지. 흔들리는 당신은. 길다.

소년병

1

개미굴에 물을 붓는다 행군에서 흩어지는 개미들을
보고 싶었다 갱도에서 나온 사람들은 원을 만들고 다른
굴에서 아버지가 떠오른다 다리 수를 세보니 모두 여섯
개 관찰기록장에 아버지는 중간 계급으로 머리, 가슴, 배
로 나누어져 있다, 라고 적는다 저 파시스트 새끼. 돌멩
이들이 내 머리를 때렸다 누가 그랬는지 맞춰볼래? 아이
들은 사슴 사냥을 나가고 완장을 찬 나는 개미들을 밟
는다

2

벙커 벽면에 집 그림자가 뜬다 어머니가 서 있을 것 같
아 뒤를 돌아본다 형과 나는 번갈아가며 깡통을 향해 한
발씩 쏜다 새빨간 게릴라 놈들. 교대시간까지 냉장고를
열었다 닫을 것. 냉장고를 열고 닫을 때마다 군화 속에

13

발가락은 움츠러들 것. 고등어와 추위는 냉장고의 감정. 벽이 자꾸 기울어진다 땔감, 땔감을 구해와 비닐 랩으로 쌓여진 레닌. 대머리. 정수리. 독수리. 담요. 개미들이 군화를 신고 행군을 시작한다

3

　　모서리는 위험해 교본대로 왼쪽 눈을 감고 호흡을 멈췄다 적병의 초소에는 불붙지 않는 라이터가 있다 가늠쇠 끝에서 담배를 문 아버지가 입술 주름을 모은다 방아쇠가 당겨지고 적병의 초소에서 불빛이 나타났다 사라진다 고개 숙여─, 형의 이마에서 아버지의 담배 연기가 흩어진다 혁명은? 동상과 동면을 반복한 군화끈이 조여졌다 풀어진다 뒤통수에서 따끈한 수프가 터진다 귀는 식빵처럼 젖는다 형, 벙커가 뒤집어졌어 목 안으로 넘어가는 붉은 우유. 입구 쪽으로 개미들이 몰려온다 은백양 잎이 이마에 닿았고 나는 이불 냄새를 맡았다

*

개미가 나를 업고

숲속으로 달려간다

아그리파의 휴일

왼쪽 귀에서 손을 떼면 아침이었다 눈 안으로 몽톡한
빛이 새어 들어온다 손바닥에 떨어진 머리카락과 발톱들
눈을 감고 손을 씻는다 발밑에서 계단을 밟는 구두 소리
가 난다 벽에 귀를 대고 손가락을 센다 새소리를 낸다

화병은 오후 세 시가 되어갔다 거꾸로 매달린 카멜레
온 새는 온도에 따라 말린 혀를 풀었다 모든 정물은 조
도를 놓친 채였고 의자는 꼭 그렇게 서서 오랫동안 나를
지켜봤다고 했다 나는 조금 웃는다 의자는 겉옷을 내려
놓고 가만히 문을 닫는다

아이들처럼 뛰어가는 의자들을 본다 의자의 흙집이 있
고 의자의 아이를 가지면 어떨까 생각했다 나는 난간 위
에 꽃을 두는 습관을 버리지 못했어 의자는 아무 말도
하지 않는다 햇빛이 발등을 비출 때 의자는 가끔 꿈을
꾼다고 했다 내가 나온다고 했다

그때 나는 그 말을 하고 싶었어 낯선 감정에 목숨을 거는 새에 관하여 새장의 지붕이 차가워진다면 우리가 조금 더 하얗게 된다면 의자는 블라인드 속에서 두 가지의 표정을 짓고 모든 벽에서 물이 쏟아지는 순간

　대각면으로 달아나는 발을 본다 화분 위로 떨어지는 신발을 주워 짝을 맞춘다 구석에서 의자는 오래된 사과의 입술을 닮아가고 의자에게 이름이 있었는데 기억이 나지 않는다 나는 왼쪽 귀에 손바닥을 댄다 카멜레온 새는 내가 죽었다고 말한다

라가

새벽에 모든 방언은 물의 간격으로 만들어진다

아버지가 더운 몸을 끌어안고 강물 속에서 걸어온다 저, 걸음걸이에서 쏟아지는 사각얼음들 훈김에 젖은 새들 그의 딱딱한 부리들 발톱과 가발 걸린 나무, 안개는 깊은 원을 그리며 아버지를 지운다 사방은 흰 벽이 된다

흐르던 피가 그쳤다 사람들은 광장에 나와 춤을 추었다 사제들이 심판은 끝났다고 했다 모든 창문이 열렸다 어서 점령군의 깃발로 걸라고 했다 보국단원이 형을 끌고 뒷산으로 갔다

사과의 둘레를 다섯 바퀴 도는 동안 여자의 눈에서 손바닥이 떨어졌다 일정한 깊이로 손목을 자르던 여자는 욕조에 몸을 담갔다 바닥에 아기가 넘쳤어 시계를 보지 않는다 발끝을 보지 않는다 여자의 입술이 형광등 아래서 변색되고 있다

나는 왕국설을 들으며 눈을 뜬다 어머니는 안경을 쓰
고 노트에 묵상록을 옮겨 적는다 천 년은 하루처럼 하루
는 천 년처럼 간단다 잠긴 문고리를 만 번 정도 비틀면
어머니가 햇빛과 채찍을 들고 왔다

*

　마을의 모든 새가 도살되었다 어린 니체가 강대상 뒤
에서 울기 시작했다

폼페이

검은 연기 속에서 웅크린다 우리의 침은 마를 때 소리
가 난다 젖은 귀로 듣는 새벽, 아버지의 방언은 무서운
바람 같았다 무른 뼈들이 밀려간다

창밖에서 거대한 동공이 깜박인다 눈동자로 숨을 쉬
는 아버지를 탁자 위에 놓는다 커튼을 치고 눈을 감는다
잠깐이면 돼요 움직이지 말아요 아버지의 등을 그릴 때
긴 속눈썹 하나가 내 목을 감는다 아버지의 기침이 터진
다 공중에서 버둥대는 두 발을 본다

치마를 입은 채였다 방문이 열려 있었고 아이가 도망
치고 있었다 까만 손가락이 내 몸을 문질렀다 두 개의
열기가 내 안에서 터졌다 모든 정물은 식었고 바닥은 침
으로 가득했다 햇빛을 보며 입술을 깨물었지만 그러니
까 나는 붉어지는 볼을 느꼈다

벽 앞에서 아버지가 엎드린다 손가락으로 나선을 그

린다 아버지의 정수리에서 거대한 식탁이 나온다 식탁 위에 주전자가 놓인다 그 옆에 사과와 빈 접시. 포크. 투명한 상징이 식탁보 위에 흐른다 그림자는 시침을 따라 기울어지고 아버지는 고개를 들어 소녀처럼 웃는다 벽지는 색감을 잃는다

　두 번째 산이 폭발한다 계단을 잃은 발목들이 바닥으로 떨어진다 네가 그럴 줄 알고 있었다 방언은 그만두세요 대신 잠자리의 눈을 믿어요 사탕과 아버지의 구두는 중앙에 배치하고 창틀에 이름과 날짜를 기록할 것 사생활은 유리관에 담길 것이다 누군가 방을 두드린다 창밖에서 누런 혀가 들어온다 우리는 침이 마르는 소리를 듣는다

는다는 는다를

그렇군요 우리는 거대한 냉장고에서 뇌전증을 앓는 남자와 살고 있군요 모든 거울은 겨울을 가리키고 빗물들이 발목 위에서 결빙이 되는, 서늘한 복도와 남자의 무릎 사이에서 형광등을 켜게 됩니다 새들이 날개를 편 채로 얼고 있군요 찢어진 속옷들이 전깃줄에 걸린 것이 아니로군요 우리는 남자의 머리카락을 모두 자릅니다

는다는 는다를 외치며 남자는 주먹을 펴려고 하시네요 아침부터 냉장고의 전류가 흐르는 중이랍니까 남자의 입속에서 착란들이 얼어붙고 녹으면서 우리도 발치에 서서 는다 다 같이 손을 마주 잡고 는다 석고상이 되려는 믿음을 버리지 못하겠습니까 신부님과 요리사는 그때 목을 조르는 거라고 처방전을 내렸지요

밤이 그치고 는다 삼단우산을 접으며 는다 빗방울이 멈추고 는다 는다 어머니는 간단하게 서 계시네요 오늘은 칠만 원 같은 하루였단다 손님상에서 맑은 침이 흐르

는 그런 정오였단다 우리는 남자의 입김 속에 갇힌 거예요 남자의 이마를 입속에 넣어주면서 는다 남자의 볼을 후후 터트리면서 는다 이제, 그이를 구워줄 수 있겠니

바닥에서 발을 떼보기로 해요 입술들이 차고 단단하구나 진동과 바람을 모으는 그이의 호흡법으로부터 아니다 이것들은 울음이 녹고 있는 것이로구나 어머니, 머리가 유리창에 붙으셨군요 우리는 단호한 믿음 때문에 고드름으로 무너져요 아니다 그이의 얼굴들이 물수건으로 무너진다

우유를 꺼내고 남자를 넣어요
고마워요 는다
미안해요 는다

그리마*

스탠딩. 이었어. 난. 난생이었어. 계속 비가 내렸다. 초의 음악이 있었고. 입안에서 물이 흘렀다. 나를 보는 소녀는. 두 손으로 입을 막는다. 나를 보는 소녀는. 바닥에 엎드려. 등판을 찢는 중. 소녀의 등에서. 건강한 파리 떼가 태어났다. 어머니의 머리는 젖어가고. 시계와 병원이 없었다. 형광등이 있었다. 화장실의 형광등이 있었다. 사람들은. 코끼리의 머리를 잘랐다. 스테이지에서 남자가. 코끼리의 머리를 쓸 때. 코끼리의 머리를 쓴 남자가. 발을 흔들 때. 새로운 노래가 시작되었다. 선풍기에 몸을 말리던 어머니는. 리듬에 맞춰. 바이메탈. 바이메탈. 그는. 코끼리의 남자는. 태양을 부르는 보컬. 등에서. 여러 개의 팔이 뚫고 나오는 리드 보컬. 사랑해. 창백해. 어머니. 냉장고에 대한 노래를 부릅시다. 난. 눈을 뜨고 지켜본다. 양변기 위에서 그런. 남자의. 알을 낳는 어머니. 까만. 알들이 물속에 잠겼다. 수면 위로 속눈썹들이. 천장을 향해 자라가고. 우리는 키가 크고. 어머니는 구부러진 다리들과. 벗겨진 힐에 대한. 낙서를 시작했다. 코끼리의 남자는. 다른 전류의 기타를. 벽면에 세워두었고. 초의 음악이. 구급차의 사이렌처럼 들려왔다. 사람들의 다리가 잠기고 있다. 사람들의 머리가 바뀌고 있다. 어머니는. 새로운 표정으로 몸을 말린다. 넌. 긍정적이다. 체온이. 더 떨어져도. 나를 밟지 마세요. 나를 사랑하세요. 허물을 벗은 속눈썹은. 허물을 벗은 팔이 되고. 이곳은. 늦은 비가 내리고. 공연은 끝나고. 나는 삼십 개의 긴 팔을. 가진 몸으로 태어났다. 소음을 내며. 천장으로 이동 중인 내게. 연주를 시작한 내게. 물을 다 흘리신 어머니는. 새로운 이름을. 지어. 주셨다.

* 절지동물의 일종.

실로

끊어진 실로에서 막다른 골목이 막다른 골목 안에 양
탄자가 양탄자 안에 주택이 주택 안에 거실이 거실 안에
내벽이 내벽 안에 빙벽이 빙벽 안에 백합이 백합 안에 머
리를 늘어뜨린 여인이 여인 안에 우물이 우물은 멍이 되
고 멍 안에 아버지는 아버지를 부르는 아버지 아버지 안
에 어긋나는 윤곽선이 윤곽선 안에 쓰러지는 백향목이
백향목 안에 신발이 가발이 가발 안에 운동장 운동장 안
에 뛰어가는 아이가 총성에 놀라고 아이 안에 흑암이 흐
르고 흑암 안에 구르는 육각연필이 육각연필 안에 아버
지가 계단을 오른다 계단 안에 식탁이 식탁 안에 붉은
뺨이 뺨 안에 거대한 손바닥이 손바닥을 보며 아버지가
방에 들어가신다는 문장이 문장 안에 못과 설탕을 넣고
망치로 아버지의 정수리를 쪼개면 환한 미래가 간단한
서리가 믿음 안에 화분이 놓이고 화분 안에 딩동댕 노래
가 딩동댕 노래를 부르며 고드름을 딩동댕 노래를 부르
며 냉장고를 냉장고 안에 이마가 이마 안에 개활지가 개
활지 안에 시반이 시반 안에 실로가 아버지의 목을 당긴

다 아버지의 목 안에 달리는 돼지들 돼지 안에 머리를 늘어뜨린 여인이 여인 안에 따가운 목소리가 여러 바퀴를 도는 동안 우물은 다시 멍이 되고 아버지의 발이 흔들린다 흔들리는 발가락 끝에 백합이 백합 안에 빙벽이 빙벽 안에 내벽이 내벽 안에 거실이 거실 안에 주택이 주택 안에 양탄자 양탄자 안에 막다른 골목이 골목 안에 아버지의 옷깃이 아버지의 옷깃 안에 실로가 아버지를 자르며 끊어진다

라라

흰 말들이 달려 나갔다 오르간은 비어 있었다 라라는
예배당 가운데에 앉아 달리는 말들을 세고 있었다 말들
이 사람들을 차례차례 밟아 쓰러뜨리는 것을 라라는 보
고 있었다 거울 속에서 라라는 긴 호수가 되고 있었다
라라 옆에서 라라가 말을 했다 강림을 알리는 차임벨은
확고해 간다 성전의 커튼은 죽은 이교도의 튜닉을 떠오
르게 한다 라라 옆에서 라라는 들었다 성호를 그으며 사
라지는 놀이터와 수몰된 마을과 비대칭이 되는 망루를
사람들은 라라가 펄럭거리지 못하게 팔목에 밧줄을 감
았다 교부가 줄을 당겨 거대한 향로를 흔들 때 라라가
노래를 시작했다 사람들의 귓속에서 모래가 흘러나왔다
라라는 죽지 않는 라라 라라는 죽지 않는 라라 해변의
윤곽들이 재로 질 때 라라는 춤을 추었다 라라는 폐가의
창문. 라라는 생크림. 라라는 웃고. 라라는 벽에서 들린
다. 믿음에 가까이 있거나 황홀경에 휩싸인. 칼과 포크를
쥐고서 흘러내리는 낙원. 라라는 껍질. 라라는 화산재가
쌓이는 복도. 얼굴을 쓸어내리는 목동. 또는 목공. 믿음

28

에 가까이 있거나 황홀경에 휩싸인 라라는 단 위에 서서
울고 있는 내 얼굴을 매만졌다 라라 속에서 눈이 그쳤다
흰 말들이 강대상을 돌아 차례차례 사람들을 밟아 쓰러
뜨리는 것을 라라는 보고 있었다 교부가 끈을 당겨 내가
정신없이 태워질 때 나는 라라의 노래를 불렀다

제니

자살에 성공한 나는 바닥에 떨어진 클립들을 보고 생각합니다 클립의 반짝임이나 타원형의 방식에 관해 그 안에서 구부러지는 사소한 가족들의 손에 대하여 그중에 한 명의 샌들이 떠올랐고 클립들의 짝을 맞춰줬어요

침대를 찾아 귀를 대볼게요 눈을 감으면 침대의 귓속에서 비가 내려요 난 빗방울에게 발을 모아 단번에 떨어지는 법을 가르쳤어요 소란한 침대가 연음(延音)을 다 배울 때까지 엄지발가락으로 박자를 맞출 때까지 기다리는 일도 나쁘지 않으니까 침대의 내부에서 태초의 바람과 장마와 오후의 난간을 발견합니다

거울에 주목합시다 내 얼굴이 보고 싶어져요 입김을 불어 책상 옆의 박쥐우산이 궁금하겠지만 펼쳐보지 않는 것이 좋을 거라고 말할 겁니다 작고 촘촘한, 박쥐우산이 팽팽해질 때 약간의 울음이 섞여 나오니까 애정이 말라붙은, 우산살을 본다면 송곳니를 세운 나를 정정해

야 합니다

    탁상시계 안에서 아기 새들이 간단한 순서마저 지키지 않고 있군요 누워서 달력을 바라보다가 오랜 친구의 소식이 궁금해져요 (방금 뒤꿈치로 바닥을 두 번 두드렸습니다) 내 이름을 기억해 낸 친구가 창틀의 낙서에 손끝을 대보면 좋겠어요

    날짜와 시간을 적고 소파 위에 꽃다발을 놓는 방문객이 없기를 바랍니다 평소처럼 모자의 기분을 옷걸이에 걸어도 좋고 유일한 피아노의 건반을 눌러도 좋아요 조금 신나는 음악이라면 나도 판당고 춤을 출 거예요 제일 먼저 일기장을 여는 사람에게 눈물이 마른 안경알을 드릴게요 모두에게 빳빳한 선인장을 내밀게요

피노키오 대외비

이곳에는 직선이 없다 마름질 된 해치와 유선형 손잡이 북위 19° 동경 85° 는 기착지가 아니다 절대경로라면 코코스 킬링 군도를 벗어나야 한다 제페토는 모스 부호를 읽다가 왜 측각기를 감췄을까 전송된 명령에는 적의가 없었을까

소라 껍데기를 쥔 소나병에게는 양쪽 귀가 없었다 나는 그가 타살 같은 자살로 위장되었다고 썼다 불침번이 경보등을 켜고 문 밑으로 고래 그림자를 넣는다 체온을 체크하며 침몰 중인 눈금을 기록한다

전송이 끊긴 안테나를 상상하며 발광하는 심해목을 그린다 가지에서 장미가 피고 장미가시의 절단면에 침을 발라 코에 붙인다 우리는 코뿔소처럼 웃는다 그때 나는 노란 잠망경을 갖고 있었어 소나병의 필체로 창문이 달린 집에 가고 싶다고 적는다 그 안에는 벽난로와 햇빛이 있다

이층 침대에 일 층의 남자가 눕는다 바지 속으로 손을 넣고 시작되는 귓속말 나는 사다리를 타는 여자가 된다 내가 몸을 비틀면 남자는 암초에 닿은 것처럼 수포를 터트린다 노래를 불러줘 새와 모서리가 담긴 지그 춤을 춰줘 침대와 나는 단단한 끈에 묶여 흔들린다

　서로의 깍지를 풀면 아침이 온다 조금씩 침수되는 기관실 기록 중인 일지는 믿지 않는다 난 비관하지 않았고 내 관물함에는 제페토의 권총과 소나병의 귀가 있다

야뇨증

조랑말을 타고 양다리로 달립니다 빈 야쿠르트 병이 구르고 달이 녹고 있거든요 양말이 젖어요 발이 시릴 거야 어이 어이 넥타이를 푸는 아버지는 저수지로 들어갑니다 바랜 구두를 놓고 뒤를 돌아보는 입가에 맥주 거품이 흘러나온 것 같아요 제발 그만 좀 하세요 입안에서 신물이 차오릅니다 아버지라고 부르지 말랬지? 인사불성의 주먹을 휘두르며 첨벙첨벙 저수지에 가족사진과 아버지의 가발이 떠오릅니다 애인의 둘레를 도는 동안 그녀의 눈 속에 처음 보는 달이 뜹니다 사과의 반절 변색되며 웃는 애인은 화장실 거울 속에 있습니다 입 모양을 따라 해봐 미안해 미안해 우리 아이는 붉은 액체가 되었습니다 애인은 갓난아이처럼 손을 쥐었어요 네 손은 절대 식지 않을 거야 입을 크게 하고 소리를 내봐 미안해 밤은 곱슬곱슬 자라고 있고요 흰 양말은 누렇고요 아이스크림과 달은 진자리부터 녹는다고 조랑말이 말을 합니다

*

오늘 밤도 조랑말은 달리고요

달이 녹고 있거든요

감은 눈에서
오줌이 쏟아집니다

링거

흘러가는 지붕을 보라
오늘의 화창함은 어떠한지 늙은 여자에게
안부를 묻고 안색은 고리에 걸고
링거 링거 링거

식은땀을 흘리는 코끼리가 말라가는 입술을 찾고
냉장고에 놓인 복숭아는 굴러가는 바퀴를 찾고
실내에서 물이 불고 실외에서 불이 붙고
징후들이 모여서 기후들을 기록해

코끼리가 열 바퀴를 도는 막막한 심정으로 유리병의
실내악은 비관으로 가득해 딱딱하고 투명한 일요일에게
절대 충격이나 열을 가하지 말 것 링거를 뚫고 늙은 여
자가 다가와 거꾸로 매달린 링거에게 링거와 링거와 링
거와 안정이 필요해 링거

머리를 기울이고 방아쇠를 당기자

창문이 깨지는 소리는 일요일에 가까워
코끼리에서 쏟아지는 코를 보라
팔목 안에서 길게 새겨지는 첨탑을 보라

두 팔이 흔들려 실눈을 뜨고 링거 링거 링거
햇살이 톡톡 부러지는 링거의 형식으로
링거와 묶어서 링거와 던져줘 링거를 때려줘
링거는 또다시 막대한 표정을 짓고
링거는 알맞아 링거는 새로워
늙은 여자와 손을 잡고 링거 링거 링거
지혈에 실패한 창가에서 웅덩이로 링거

귀밑으로 맥박들이 달아나
잎사귀를 찾지 못한 비둘기가 돌아와

나를 지키던 늙은 여자는
링거 링거 링거 창백해 링거

우산살에 갇힌 코끼리처럼

코에서 피를 쏟으며

링거 링거 링거

그린란드식 상자

몰래, 아버지의 혀를 그린다

썰매개는 손가락이 닿는 곳으로 달린다 숨을 참는다 모든 벽면이 식고 있다

모자와 목장갑. 턱시도와 곤봉. 아버지는 표정을 잘 바꾸고 정말 친절해. 입술을 그리다 품속에서 죽은 토끼를 꺼냈어. 진짜야, 아버지는 마술사야. 그 새끼는 사냥꾼일 뿐이야. 상자 속의 형제들은 아버지를 믿지 않는다

누군가 자물쇠를 흔들고 벽을 두드린다 등 뒤에서 아버지는 내 입을 막고 숫자를 센다 사슴 가죽신에서 뿔이 자란다 누군가 자물쇠를 흔들고 벽을 두드린다

상자에 귀를 대고 채찍소리를 듣는다 늙은 썰매개는 원숭이가 되는 중 개의 등짝에서 붉은 팝콘이 터진다 아버지는 화가 날 때 장화부터 찾는다 오래된 상자에서 새

상자로 채찍소리가 옮겨간다

모서리에서 금요일의 햇빛들이 자랄 때 상자는 점점 작아진다 어딘가에 계단이 있을 거야 상자는 점점 작아진다 눈이 다 녹으면 집이 보일 거야 상자는 점점 작아진다 허리춤에 열쇠를 묶는 아버지는 마술사일까 진짜 사냥꾼일까 상자는 점점 작아진다 상자가 점점 작아진다 상자가 점점 작아질 때 아버지의 목을 잡고 진짜 여자처럼 소리를 질렀어요 주먹을 펴서 흙먼지를 만들고 싶었는데 입속에 물감들이 넘쳤어요 넘겼어요 상자들을 한꺼번에 삼켰어요

지금은 어떤 계절일까
썰매개는 펜스를 넘어
설원으로 달리고 있다

*

상자 속으로 아버지의 칼들이 들어온다

골리앗

그는 길바닥이나 담벼락에서 타고 남은 것들을 점퍼로 성겨 입는다 왼쪽 소매 끝은 강물이 증발한 흔적 몸속에서 태양 하나가 불타고 있다

표면을 뚫지 못한 흑점 무허가 건물 한 동이 완전 소실된다 불길은 식도에 구멍을 내고 점액질의 마그마로 터져 나온다 두 손으로 귀를 가렸지만 층들이 내려앉는 소리를 듣는다 완강한 창틀이 구부러지고 있다네 커틀 릿의 하루가 시작된다네 쇳물 속에서 대장장이의 얼굴들이 원인미상의 웃음을 짓고

혀가 터진다 겨울 숲으로 쏟아지는 그의 잔말은 불씨와 함께 사그라진다 발화점이 낮은 인간들이 강둑으로 몰려들고 그는 빈터에서 휘파람을 불며 단단한 한 겹을 꺼내 입는다 같은 방향으로만 달궈지는 맨발에 절뚝대는 열을 가한다

그의 눈동자는 완벽한 개기일식 중이다 아치형의 굴다리 밑에서 그는 숯불처럼 웅크린다 심장과 목덜미와 가소성의 손바닥이 기화될 때 등을 뚫고 나오는 집. 안방에서부터 불이 붙는다 작전에 실패한 소방수들이 고양이의 코를 자르고 배낭 속에서 아내와 딸아이가 한 몸으로 들러붙는다

그는 숨을 당겨 폭발한다

스테인드글라스

네 번째 나팔이 시작된다 비처럼 쏟아지는 단도들 예언자의 핏물이 하수구로 들어간다 신부는 문을 잠근다 지하실의 구두장이는 살가죽으로 가방을 만드는 중 그의 손 망치가 헐거워진 입술 주름을 두드릴 때 휘파람이 터진다 발바닥은 꿰매지면서 몽톡한 손잡이가 된다

마구간과 주방 사이 아버지는 후스콩크 백작의 종마였고 어머니는 요리사였다 수간을 즐기는 백작의 새로운 취미로 내가 태어났다 중절된 어머니는 붙잡혔고 아버지는 도망을 갔고 나는 수도원에 버려졌다

당신은 잠긴 문 열쇠 구멍 속에 당신의 동공이 있다 방에서 성체를 문 신부가 눕는다 어린 복사(服事)는 고래가죽 콘돔을 입으로 끼운다 그돌라오멜 연합군이 내습하던 시각 살 타는 냄새를 맡으며 주교의 그곳을 빨았다 두 개의 혀끝이 귀두를 감싸면 그의 무릎은 살짝 구부러졌다 그가 머리를 헝클며 나를 수요일이라고 부를 때 열

쇠 구멍 속에서 부풀어 오르는 동공

금서로 봉인된 노트 타락한 종마는 목이 베어졌고 마녀
의 화형식은 아름다웠다 거꾸로 매달린 십자가에서 치
마가 뒤집어지자 구경꾼들이 양파를 던졌다 머리카락부
터 불이 붙었고 광대들은 물구나무 춤을 추었다 당신의
문장을 훔친다 야경단의 화살에 쫓기고 있을 아버지, 너
무 멀리 달아나셨어요

오늘은 가위를 쓰기로 한다 주인님, 양손은 단단히 묶
겠습니다 관장을 할 테니 엉덩이를 주세요 먼저 끝을 내
셔도 허리를 빼시면 안 됩니다

주교의 목과 팔을 푸른 리본으로 맞추고 있을 때 다섯 번
째 나팔소리를 듣는다 주교의 거죽을 봉지에 담는다 구
두장이는 곧 가방을 완성할 것이다 아버지, 호각 소리가
나도 절대 뒤를 돌아보지 마세요 열쇠 구멍 속에서 당신

의 동공이 터지고 있다

가스실

터빈이 돈다 가스관에서 함박눈이 내린다 벽에 붙어, 몸을 웅크린 눈들이 착지한 발목을 자른다 안경 너머에서 소용돌이치는 연기. 수백 개의 샤워기에는 밸브가 없다 새 비누를 쥔다 매운 향기가 난다 탈의실의 문이 닫힌다

바로 뒷방은 소각장이지 난 3동구 기록부에 있었어 하루 종일 라이노타이프를 두드렸네 맨발은 옆 사람의 발과 겹쳐지면서 투명해진다 서로의 눈동자가 읽힐 때 혀는 초콜릿처럼 녹는다 온기가 남겨진 타일과 타일. 마른 손을 단단히 맞잡고 있다 우리는 노래를 좋아하지 머리를 감을 때면 흥얼거리잖아 귀가 젖으면 미치지 않을 것 같아서 그래

천장 끝에 폐회로 카메라와 스피커가 있다 우리는 그것을 검은 담배라고 부른다 번호와 악센트 대신 바흐의 음악이 나올 것 같다 금지된 일기들로만 선곡하는 거다

몰래 적었던 내부 조직과 배신자들. 베개 속의 메모. 책상 위에 다리를 올리고 깍지를 꼈던 기억. 소지품에 적어 뒀던 이름. 하울링이 된 비대칭 마디와 변박의 템포.

배관공도 이중 철조망을 끊고 첫 열차를 탔지 숲속과 포도주와 토끼를 지나 문을 열면 총부리를 겨눈 아내. 배지를 단 딸이 정보부원의 손을 잡고 나를 가리킨다 민주광장에서 결사단의 형이 집행된다 사람들이 푸른 깃발을 들고 몰려든다 수첩이 발각되었다

한 줄로 선다 당신은 E구역에서 왔나 보군 그 구역 사람들은 뒷덜미에 철사 자국이 있다 안경알과 손가락을 닦는다 칫솔을 쥔다 시작되는 짧은 경보음. 목을 드리운 샤워기에서 발목 없는 눈들이 쏟아진다 나는 변주된 토카타와 푸가D장조도 좋다 눈을 감고 샤워를 시작한다

아라베스크

방아쇠를 모른다 라일락의 지문과 방아쇠를

채광창이 있는 이 방에서 권총을 꺼내지 않았다면 여름은

오지 않았을 것이다 누구에게도 지지 않을 것이다

비명을 지르며 변방에서 죽음을 연습하는 일 혹은

완곡하게 죽임을 당하는 사막과 소금과

유언과 유산을 동시에 경험하는 밤도

칼을 들어 양지를 향해 찌른다

라일락은 더 깊숙이 라일락을

정수리에서 쏟아지는 두 개의 해변을

얼마나 많은 형제를 죽여야 할까

공중의 새는 움직이지 않았고 모든 성전은 멈췄다

발목과 신앙에서 떨어져나간 물. 안개. 나무총. 열병.
방독면과 1954년에 제작된 지붕. 컴컴한 화장실. 목과
목소리들.

코가 없는 소년병의 천진함처럼

코가 없는 신부의 화창함처럼

애원하는 손가락을 얼마나 더 꺾어야 할까

가령 인조가죽과 슬픈 교리는

꽃대를 부르는 주문은

거꾸로 매달려야 떠오르는 것이다

라일락의 간격을 따라 피부를 열고 닫으며

올리브 소스에 찍어 먹는 꽃잎처럼

서늘하게 확장되는 동공의 핏줄처럼

접시에 놓인 낙원을 부른다

황동종으로부터 아라베스크가 시작되고

너는 조금 더 살아야겠다, 라고 말하는

라일락을 라일락이 겨냥한 총구를

한 발의 총성으로 통로와 빛이 연결되고

형제의 머리카락들이 바닥으로 쏟아질 때

라일락은 더 깊숙이 라일락을

우리는 북향으로 엎드린다

6분짜리 테이크
와이드앵글

요일은 노란

노란은 신을 벗고 심심한 노래를 이제부터 하얗고 긴 손가락이 되는 기분 사각형의 노란에게서 간결한 바람이 분다 창문을 닫지 않았다 액자와 수건이 마르지 않았고 노란이 닿는 곳에서 네가 지나치기 쉬운 부분에서 뾰족한 귀들이 태어난다 벽에 매달린 작고 보드라운 도마뱀 같고 어깨가 부푼 개구리밥 같고 세 개쯤의 축축한 귀가 극적인 소리를 가져온다 젊은 여자는 사랑해서 그랬다고 가스 불을 켜고 울면서 거짓말을 생각하는 오후 노란은 끝없이 뭔가를 두드린다 바늘같이 앞니같이 노란은 눈을 감고 네 등을 보이며 노란 춤추는 법을 아니? 노란이 옆어지는 두 다리를 모을 때 한 명의 귀가 더 태어난다 빗방울들은 공중에서 손을 녹이고 거울에 비친 내 입김을 조금씩 떼어가는 노란, 노란들 창백함이 되려고 유실물이 되려고 너의 발꿈치는 더 동그래지고 사람들의 머리 위에서 손가락들이 바람에 흔들린다 노란은 웃고 소란한 새 친구들이 태어나고 노란이 방 안에 넘친다 네 그림자를 만들기 위해 담장에 유리조각을 꽂아두

었어 노란은 비어 있다 노란이 흐르기를 시작하고 어딘
가에 터진 곳이 있을 거라고 베개 속에 무표정이 있을 거
라고 내 옆에서 누운 노란은 노래를 그친 노란은 고개를
돌려 내 눈을 깊이, 쳐다본다

서머
타임에 라도

침대는 불개미들의 울음으로 가득해

방 안에서 라도 움직이는 너희는 모든 출구를 지우며 라도 긴 손가락으로 내 입술을 짚으며 라도 너희의 빈 입술 안에서 계단의 유언을 듣는다 나도 이름이 궁금해

벗겨진 들에서부터 늦은 비가 시작된다 손목시계를 찬 아버지들이 걷고 있는 것이라고 어느 한쪽 다리가 짧은, 그들이 노래를 부르는 것이라고 머리를 땋은 아버지 미를 누르는 라도 시를 누르는 라도 문고리는 이제 없어

원숭이자리 태양은 믿지 말자 창가에서 발가락들이 말한다 잠든 방은 죽은, 나무의 아이를 기울이고 있다 조금씩의 무게를 견디는 너희는 머리맡에서 젖은 옷을 벗는 라도처럼 한 번도 울지 않는다 너희는 한 번도 마르지 않는다

이제부터 흰 벽은 문이 없는 일요일의 오후, 이석증을 앓는 늙은 여자가 있고 언제나 너희의 이름을 부른다 여자의 손가락 사이에서 쏟아지는 이물질처럼 단번에 떨어지는 머리카락들은 명암이 선명한 잠을 자고 싶다고 여자가 그만 죽으면 어떨까 우리는 웃으며 라와 도를

천장에서 거꾸로 너희는 다시
라도를 부른다

양의 량

너는 아픈 양이야 꼬리와 얼룩덜룩한 속살을 갖고 있
어 너는 의자에 앉거나 천장에서 한숨을 쉬거나 우리로
몰려오려고 해 너는 있어 너는 경계를 나누고 월요일이
되기도 해 멀리 던져진 웅덩이가 되려고 해 휘파람도 있
어 젖은 머리카락도 있어

비로 오자고 해 너는 몸집을 부풀리고 싶어 조그맣게
울면서 물컵도 없이 쏟아지자고 해 사람들은 네가 울타
리를 넘는다고 하지만 사실 너는 울타리를 투과해 난간
위에 서서 한 사람. 두 사람. 피를 토하고 뒤를 돌아보는
너는 아픈 량이야 네 얼굴을 보면 나는 발가락에 힘을
주게 돼

들판과 밤이 돌아왔어 손거울을 봐봐 툭. 툭. 혼자 부
러지는 엄마들처럼 허공에서 헛발질을 하고 있어 사라진
바닥이 있어 닿으려는 발가락들이 있어 순서를 지켜야
돼 다시 코피가 나오려고 해 숨을 쉬라고 해 괜찮아, 너

56

는 검정 양이야

　기쁜 노래를 불러보자 비스킷 비스킷이 되는 노래야
손목이 묶여지고 있었니 솜으로 소독되고 있었니 오른
쪽으로 조여지고 있었니 네 눈금들을 하루 종일 찾았어
허공에서 벌떡 다리를 차는 경련은 오른쪽 울타리를 투
과하는 양처럼 하루치의 량처럼

　너를 모으는 중이야 휘파람과 휘파람과 휘파람과 함
께 비가 온다면 우리는 하얗게 흘러가버릴 거야 시트를
머리끝까지 덮어줄 때 알록달록, 이라고 발음해보자 반
쯤 뜬 눈꺼풀을 천천히 내려줄 때 안녕, 하고 꼬리를 흔
들어보자 너는 난간 밖으로 나가자고 해 손을 놓치지 말
아야 해 우리는 이제, 어린 량이야

모과와 과테말라

모과의 목소리가 찾아와 원주민은 왈츠를 추면서 모래사막으로 갈까 모과는 과연 병든 습관이 될까 야자수 그늘 안에서 손을 터는 아름다운 날씨 부드러운 과즙으로 시작하는 창문을 열고 모과와 당신을 처음부터 사랑해 모과를 감춤으로 형광등이 없는 원주민의 방주를 떠올려요 형광등이 없는 실내에서 회전하는 당신의 두 발을 잡았다 놓으며 하루 종일 모과는 우산 위로 떨어지는 과테말라의 날씨. 하루 종일 모과는 굴뚝 청소부. 하루 종일 모과는 시계점. 하루 종일 모과는 내성적인 유리병. 모과는 당신을 담갔어 닮았어 잎사귀에 올렸어 모든 원주민이 장을 보는 정각에서 모과를 부르며 목을 키워요 정수리로 뚜껑을 밀어 과테말라의 햇빛을 본 적 있나요 흔들리는 목을 잡으며 비대칭이 되는 나를 본 적 있나요 굴러가는 모과는 잘 말린 화요일을 기억나게 했고 성호를 그으려는 당신의 손등을 기념해요 모과 속에서 모과 밖으로 건너가는 발들은 아름다워요 모든 소리가 밝아지는 도화지처럼 당신의 둘레를 감으며 기다리죠 양쪽으로 갈라지는 혀끝과 불투명한 고백을 좋아했나요 빗물이 가득 찬 선인장으로 당신의 정수리를 내리칠 때 모과의 깜깜함은 사라져요 모과에게 출구란 없어요 모과에게 창문이란 없어요 모과의 목소리가 찾아와 당신은 과테말라의 날씨를 기억하나요 사랑했나요 저주했나요 원주민들이 장화를 신고 동쪽 사원으로 걸어갈 때까지 모과를 맡았고 또 모과를 삼켰어 모과의 목소리가 찾아와 갈라진 혀로 부르는 노래를 들어봐요 목장도 있고 휘파람도 있고 바다도 멀지 않고 밤이면 음악회가 될 수 있는데* 그만 울고 과테말라를 가만히 들어봐요

* 정지용, 「더 좋은 데 가서」(1938) 부분 변용.

마음대로 자동화

안녕이라는 생명체 레버를 당기고 머리를 뒤로 숨기
고 들어가서 쭉쭉 자라나는 미끄럼틀을 타고서 옆으로
눕혀진 다리들을 지나서 회전하는 화분이 쓰러질 듯이
거대한 비행접시 밖은 낮이고 안은 밤이죠 가운데 앉아
있는 안녕이라는 생명체 무대조명을 받으며 검지를 볼
에 대고 실눈을 뜨고 동양의 미소를 짓는 중절모는 되고
정밀한 마음은 안 돼 금속성은 안 돼 세로로 적힌 안내
문 천장을 보고 박수를 치면 낯선 감정들이 몰려와요 더
멀리 울려 퍼지는 마음은 차례차례 한 바퀴를 돌며 슬픔
이라는 접시를 귀가 접힌 정오를 집으로 돌아가려면 일
렬로 서서 뒤로 걸어야 해요 모터에서 겨울이 시작된다
죠 지구의 모든 운동장은 사물함에 보관 중 내게 안부
를 묻던 사람은 멀리서 미안해해요 오늘은 문화재가 되
는 중이거든요 첫 비가 나올 때까지 아기가 타고 있어요,
라는 구절로 폭죽을 터트리며 안녕이라는 생명체 유리
문을 닫고서 반듯하게 세워진 깨지기 쉬움이라는 주의
사항을 달고서 일요일처럼 재고를 반짝이는 윙크를 포

장지에 설탕과 감정을 넣고서 컨베이어에 놓인 새로운
안부들을 기억해줘요 만져줘요 버려줘요 한쪽 발을 들
고 폭발해줘요 처음부터 시작하고 싶다면 발톱을 감추
고 회전 중인 톱니를 기다려봐요 안녕이라는 생명체 무
대조명을 받으며 검지를 볼에 대고 실눈을 뜨고 동양의
미소를 짓는 중심축을 따라서 꼬리를 잡고서 오른쪽으
로 쭉쭉 창가에서 힘껏 공중에서 성호를 그으며 안녕이
라는 생명체 해치를 열고서 나무총을 들고서 안으로 들
어가서 나를 화창해진 나를 전시해줘요 화장해줘요 장
미해줘요

나니와 나니

나니와 나니는 어항 속으로 다리를 떨어뜨린다 불상처럼 하루 종일 원을 그리며 지내려고 그리지 않으려고 거기는 벽이고 벽이 아니고 일요일의 사원이고 일요일이 아니고 스케치가 없는 정오야 정원이 아니야 사방이 꽉 막힌 푸딩이야 수줍은 나니와 마녀가 되려는 나니는 발끝으로 천장이 되고 찬장이 되고 소란한 그릇 속에서 무릎으로 겹쳐진다 시든 백합과 엎질러진 입술들이 포개지면서 울음을 터트리는 나니와 미소를 짓는 나니 가늘고 긴 손가락으로 건반들을 하나씩 누른다 나니는 앵두를 부르고 나니는 빨강을 좋아하지 않는다 너희들은 반드시 행진곡이 되어야 해 당부하는 나니와 아무 말도 하지 않는 나니 제자리를 돌면서 캉캉 춤을 추는 나니와 접시 뒤에 숨는 나니는 이번에는 정말 늦으면 안 된다고 시계를 잘 보라고 차례차례 약음 페달을 밟으며 나니와 얼굴과 나니는 가까워지고 비와 앵두가 친구가 되고 점점 여백이 되는 나니와 나니의 가구들 이것 봐, 근사하지 않아? 사람의 슬픔들이 하루 종일 가두어졌어 나니는 꽃다

발을 꺾고 나니는 초대장에 적힌 주소들을 지우고 하나
도 근사하지 않아 코끼리는 걸어가면서 똥을 싼대 박수
를 치며 웃는 나니와 무릎을 모으는 나니 아까부터 나니
의 해변에 화향들을 심어두었어 입김을 부는 나니는 흰
색이 없는 나니와 부케와 부음을 떠올린다 나니는 머리
를 묶고 나니는 일기장을 펴고 모든 소매를 끌어당긴다
나니야, 나니는. 이제 맨발로 지우자고 해 나니야, 나니
는. 영원히 슬퍼지자고 해 나니 앞에서 손을 내미는 나니
와 나니 앞에서 눈을 감은 나니는 햇빛을 따라 점점 거
울로 간다

아잔의 르*

　르, 라고 다시 내놓으라고 기호성이라고 가호가 있으라고 맛있는 돼지수프 요리라고 오늘은 선택된 날이고 흐리고 너는 부르카를 쓴다고 너는 침대 위에 눕고 너는 의자 위에 서서 커튼처럼 운다고 벽과 화병은 얇고 더 가벼워진다고 눈을 뜨라고 귀를 감지 말라고 표정을 내놓으라고 손을 잡으라고 포크를 쥐라고 다리를 구르라고 가까운 사람의 이름을 부르라고 르는 튜브 안에서 천천히 흐르고 르가 무거워질수록 손바닥은 위로 향하고 창가는 단단해 황금지붕의 꿈을 꾸면서 너의 발목까지 흘러왔던 것은 르의 입술이라고 양발이 묶인 수직선이라고 초록빛의 수심이라고 내려오라고 잎사귀에서 뿔이 자라는 게 신기하다고 분명한 안색을 보고 싶다고 귓불이 매끄럽다고 거울을 보라고 우산을 쓴 개미들의 행렬이 우습지 않느냐고 입을 크게 벌리면서 더 밝아지자고 손톱 안의 반원으로 다시 태어나자고 모든 바닥은 팽팽해지고 의자는 르의 공중으로 엎드린다 부르카의 끝에서 르가 떨어진다

* 이슬람교에서 예배 시각을 알리는 송영.

채플린라디오채플린

채플린라디오는 꼬리가 달린 선인장이다 눈에 불을
켜고 빳빳한 털을 세우는 멕시코 중절모와 예쁜 지팡이
선인장의 주파수를 따라 히틀러는 채플린의 걸음으로
산책하는 중 오늘은 덧니가 예쁘고 내일은 탁자에 둔 콧
수염이 마르기 좋은 날 채플린라디오의 오프닝을 들으
면서 히틀러는 토마토에게 물을 준다 채플린의 웃음에
는 높낮이가 있고 채플린의 울음에는 속도가 있다 히틀
러는 토마토를 발음하다가 토마토는 여러 겹의 채플린
으로 학습된다고 말한다 채플린이 두 개의 톱니 사이에
서 다시 미끄러졌다는 속보가 들렸고 자꾸만 앞으로나
란히를 하려는 히틀러는 창가에 권총과 토마토를 올려
놓는다 오늘 히틀러가 낭송할 연설문은 이렇다 나는 머
리카락이 긴 당신의 신호를 찾고 있답니다 분수대 앞에
서 푸른 원피스를 입은 당신은 내 손을 잡았다가 놓았고
머리를 쓸었고 여덟 시가 되었고 수요일에 우리는 헤어
졌으니까요 나는 아이스크림의 차가움과 솜사탕을 기록
합니다 우리 시민은 고개를 기울이고 그 기울기를 가늠

합니다 히틀러는 다시 토.마.토.를 발음한다 토마토는 민주적이다 토마토는 시민의 소유물이 될 수 없다 히틀러는 낡은 서류가방를 들고 양방향 소통은 원활합니다 공습은 없겠고 멕시코 방향으로 탱크가 약간 정체 중입니다 토마토. 토마토. 채플린은 증폭된 전파를 터뜨리는 토마토. 토마토. 토마토는 여러 겹의 채플린으로 학습된다 여러분, 오늘은 주파수와 선인장이 마르기 좋은 날입니다 이런 하늘에는 폭격기가 좋겠어요 벽거울 앞에서 채플린의 초조함을 연습하던 히틀러는 중절모를 쓰고 지팡이를 흔들며 단상 위로 올라간다

불가능한 가능성

캔디왕국에 가려면 정크선을 타야 해요 정크선은 언제나 불가능한 가능성을 갖고 있죠 매우 명백한 야자수 그리고 매우 분명한 캔디. 갑판을 누비는 개별적인 신체들을 사랑했어요 간직하고 싶은 티켓과 모자. 나무통과 예의범절. 이국적인 부표와 설익은 믿음은 서로 완전하게 단절되어 있답니다 영양의 정도는 개선되었지만 우리는 언제나 당근수프와 포크의 가능성을 갖고 있죠 애꾸눈 악당을 기둥에 묶지 않아도 외아들을 제단에 놓지 않아도 변절자와 오르간을 사랑할 수 있고 경박과 경건 사이에서 탭댄스를 출 수 있어요 당까마귀가 잎새를 물고 날아와 왕국의 소식을 전해준다면 자살의 가능성은 낮아질 테지만 장의사가 식탁의 모서리를 물걸레로 닦아야 하는 가능성도 잊지 말아요 일요일에 일요일을 더하는 요리사의 가능성은 폭풍으로 몰려와요 흔들리는 방안에서 앵무새의 기도는 쉼이 없죠 죽고 싶나요? 죽이고 싶나요? 무인도 하나쯤은 무시해도 괜찮아요 달콤한 처형과 살육은 그때 벌어지니까 방심하진 마세요 당신이 선미에서 오줌을 눌 때 빈 병 수집광인 성직자가 당신을 뒤에서 밀어야 하니까 칼을 뽑거나 휘슬을 불거나 침몰하는 배 안에서 등불을 밝히거나 예언서를 찢거나 우리는 계속 정크선을 타야 해요 모순된 징후와 표절된 기록을 믿고 바구니에 담긴 생선과 옆구리에서 쏟아진 물과 피를 확인해야 해요 들어볼 가치도 없는 연설문처럼 썩어버린 심정으로 정치적인 무관심의 무관심으로 우리는 모두 한통속 뒤꿈치를 들고 살금살금 화창한, 정크선을 타고서 천 년보다 단단하고 달콤한 캔디왕국으로 가요

라마

식빵이 구워지는 동안 액자에서 식물원에서 마을에서 거실로 남자가 달려오고

여자가 웃고 여자가 가리키는 손가락에서 낯선 창문에서 낯이 익은 남자의 표정에서

구워진 절벽으로 라마들이 걷는 동안 여자의 컵과 시간과 음악과 선인장이 손바닥을 마주 대며 사라지고

식빵에서 나온 구름들이 이마를 두드리는 동안

여자가 남자의 이름을 생각하는 동안 이마에서 여자는 이 길이 맞다고 슬퍼하는 동안 아무것도 모르는 남자에게서 빈 골목이 나온다 우산을 쓴 남자가 먼저 걷고

차분해진 화분 하나가 여자를 일으켜 세우고 선인장의 둘레에서 햇빛들이 멈추는 동안

모든, 라마들이 추락해서 축하해

버려지는 꽃다발에서 사막에서 원형경기장으로 어두운 구름들이 버려지는 동안 여자의 다리와 라마의 발굽

들이 정원에서 모이고 남자와 날짜를 기다리는 여자는

　고이는 기분이 든다고 하다가 축하해, 라고 하다가 추
락해, 라고 하다가 얼굴을 씻고 다시 웃음을 짓는 동안 라
마가 걷는 거울에서 오전으로 화장실의 문이 열리고 여자
의 머리카락에서 수요일이 자라나는 동안

　의자 위에 남겨진 들판에서
　발가락과 식물원의 유리벽에서
　라마는 뜰 안에서 뜰 밖으로 나가고

　노래를 몇 번 부르면 도착할 거야 말라가는 선인장에
게 말을 거는 동안
　라마들은 액자에서 사막에서 거실에서 화장실로 들어
가고
　여자는 의자 안에서 의자 밖으로

　라마와 함께 떨어지는 동안 식물은 거실 안으로 자라고

선인장은 더 뭉툭해지고 남자가 가위로 넝쿨을 자르는 동안

유리벽에서 식빵들이 튀어나오는 동안

화장실의 문이 열리지 않고 발가락 사이로 선인장의 가시들이 자라고

여자의 눈 속에서 라마들이 사라지는 동안

곡예사

오전 내내 손바닥으로 떨어지는

색색의 커튼을

암등의 세기와 리본 위에서

정지한 돌의 기분을

대기실 의자라고 발음해

향기를 다 맡고 버려지는 관목숲처럼

정면으로 걸어가지 않으면

점점 가라앉는 다리들처럼

복도에서 함성들이 모이고 모든 벽은 투명해

장대 끝에서 표정을 형성하는 접시를

딸기코가 되어 우는 당신을

한 바퀴를 돌고 도는

중심을 잃은 장대. 마취에서 풀린 미간. 천막의 온도.
붕대로 감긴 손목.

교정된 발음처럼 휘청거리는 살레를 밟고

외국어를 암기하는 이구아나를 생각해

새롭게 말을 거는 당신과. 새로운 격자 패턴과. 새로운 공기를. 새로운 밀도와. 새로운 손목 따위.

상자 속에 머리를 넣고 머리를 흔들어 팡파르가 되는 동안 천장에서 종이들이 날리지

허리를 꺾고
협탁을 붙잡아
단도에 꽂힌 나방은
낮은음으로 죽는다는
말을 해

관통당한 느낌으로 웃어봐 당신은 가발을 쓰고 그물 안에서 더 간절한 쪽으로 누워 코끼리 앞에서 약봉지가 되려는 순간 당신은 숨을 몰아쉬지 공중에서 회전하는

와인통처럼 출렁거리며 손에 쥔 것을 기록적으로 망각해
총성이 울리면 당신은 눈을 떠 당신의 눈 속에서 말들이
달려오고 머리에 불이 붙은 채로 트랙을 달리지 당신은
창문에게 안부를 물어 슬리퍼의 뒤축을 생략하면서 더
굵은 빗물로 화창한 캐럴이나 부르자고

　한 바퀴를 돌아
　다시
　한 바퀴를 돌아

　당신의 운동화가 정신없이 불타고
　채찍을 든 의사가 회중시계를 꺼내는 동안

　콧수염의 끝이 올라가고
　대기실 의자라고 발음해
　더 희미한 쪽으로
　당신은 양팔을 벌리고

손바닥 위로

재가 떨어진다

35mm, Foma FOMAPAN 100

도도

도도는 가까운 미래를 열고 도도를 노래해 작은 얼굴
들이 태어나고 새로운 표정을 지으면서 도도 도도는 너
무 바쁜 진행형 도도는 실전 같은 현재형 도도 안에서
도도 밖으로 도도를 끌어안으면서 오빠가 무너지기 쉬
운 부분에서 도도는 옆으로 도도는 옆으로 도도를 열고
도도를 기념해 제대로 된 동작으로 테이블을 해석해 슬
픔으로 포장된 꽃다발은 오빠를 추모하면서 도도는 옆
으로 도도는 옆으로 도도 안에 가득한 손을 잡고 도도
나 부르자 미안한 시간을 보내고 오빠의 증상들을 기록
하면서 하루 종일 안녕들을 마주하자 도도는 슬픔을 느
끼고 도도는 다리를 모으지 오빠에게 알맞은 미래를 고
백하면서 불필요한 예감과 완치되는 가설로 오빠는 도
도 안에서 그만 잠이 든다 오빠에게서 나무숲이 태어나
고 철새들이 이동하고 오빠는 새로운 표정을 지으면서
도도 조금 더 태어나고 싶어 도도 도도는 드러난 뿌리들
에 자주 넘어지면서 도도를 부르고 도도를 노래해 확실
성의 부분과 벽면의 견고함을 기대하면서 도도는 옆으

로 도도는 옆으로 도도 안에 이어진 도도 밖으로 햇빛들
이 조금씩 도도를 채우고 도도는 오빠의 창백함을 뒤로
숨기면서 도도에게 걸어가 도도에게 노래해 가까운 미
래가 열리고 작은 얼굴들이 태어나고 모서리가 다 젖은
오빠 옆에서 도도는 오빠의 경련하는 안녕들을 흘리며
도도

도도

    오빠는 창문을 닫고 도도를 보여주었다 도도는 빨간 지붕이 있는 더 깊은 해변으로 가자고 했다 오늘은 도도가 내릴 모양 습관처럼 죽는 도도는 부모의 태도를 닮아간다 발밑으로 마른 덩굴들이 자라고 오빠는 더 흘러내리고 넌 왜 항상 무릎을 모으고 있니? 커튼 뒤에서 물고기들이 오고 있잖아 온몸에 버짐이 핀 오빠는 거울 속에서도 뒤를 돌아보지 않는다

    창가에서 도도의 윤곽선을 그릴 때 불투명한 오빠의 형상이 점점 가까워진다 오빠는 쉽게 기울어지거나 침대 밑에서 헝클어졌으므로 오빠가 손을 뻗으며 식탁. 테이블. 화병을 생각할 때 도도와 나는 조금씩 안녕밖에 할 말이 없었다 입술을 다 그리면 꽃다발을 든 부모를 만날 수 있을 거라고 오빠는 물속으로 가라앉으며 흰 장갑과 물방울을 내밀며 안녕, 안녕.

    도도와 나는 불규칙한 템포와 리듬 도도는 현재형 도

도는 간절한 양문형 도도를 믿고 도도를 열고 도도를 밟고 도도로 돌아와 두 걸음 안에서 해가 지고 두 걸음 밖에서 오빠는 늘어진다 창턱에 물고기와 빵이 놓이고 마지막 한 그루의 나무에서 도도가 쏟아질 때 그러니까 푸줏간에서 오빠가 갈퀴를 들고 부모를 건져낼 때 도도는 비밀을 말했고 그때마다 나는 눈을 뜬다

　오빠는 참 이상한 기후 간격을 만들며 서 있는 햇빛 두 걸음 안에서 겨울이 오고 오빠는 도도를 가지런히 두고 겨울 밖으로 나갈 생각만 한다 도도가 건강한 섬이라고 생각해 오빠는 약 냄새와 의자를 더 멀리 두고 부모의 단호한 표정을 짓고 커튼을 열면 물고기들이 쏟아질 거야 습관처럼 죽는 도도 안에서 부모를 만날 수 있을 거라고 오빠는 입술 조각을 떼어내며 안녕, 안녕.

*

안녕밖에 할 말이 없니 도도

습관처럼 죽는 도도는

오빠의 버짐 속에서

나를 기다린다

도도

　뒤꿈치를 올리고 도도 늦은 비가 내리고 전신주가 세워지고 도도 도도를 향한 어른들의 의구심에서 도도는 도도의 슬픔을 느끼며 도도는 발랄한 창틀을 만들고 이국의 맑은 날씨를 궁금해한다 뒤꿈치를 올리고 모든 꽃다발을 형이라고 부르자 뒤꿈치를 올리고 모든 형이상학을 형제라고 부르자 도도는 깊고 오늘의 도도는 어두워 도도 옆으로 도도는 머리를 기울이면서 선악과의 주변을 만들고 선악과의 주변은 늘 소란스럽다 잃어버린 대관람차와 사랑의 의미를 대입하면서 뒤꿈치를 올리고 도도 어두운 사과의 밑바닥이 태어나고 도도는 스펀지와 도도의 울음이 연결되는 지점에서 하늘은 사과처럼 멍이 들고 뒤꿈치를 올리고 도도 도도는 그다지 굉장한 존재는 아니지만 진화와 진화를 거듭해 도도는 도도를 고민하게 한다 동그랗게 말린 마음을 생각하면서 그날의 슬픔을 주문하는 도도는 헤어진 라일락의 안부를 묻는 도도는 인간의 감정을 다 배울 때까지 뒤꿈치를 올리고 도도

도도

창문은 비참한 기분이 든다고 했다 종일 차임벨이 울
렸고 계절은 모두 환해져갔다 물고기는 발그림자를 벽
면에 남기고 흘러갔다 도도의 기울기가 구름으로 점점
가라앉았다 도도의 기울기에서 벗어나려는 어둠과 소금
이 있었다 식탁에 두 손을 대고 고개를 기울일 때 천장이
다시 흘러내렸다 도도는 앉았고 도도는 놓였다 창문은
거울 속에 놓인 열대나무의 기억을 막을 수가 없었다 챙
이 넓은 모자를 생각하고 있었다 눈과 입술을 가진 마르
지 않는 잎사귀를 생각하고 있었다 해안에 피아노가 있
었으면 했지만 피아노 대신 방주가 놓였다 창가에 아버
지가 자주 비쳤다 믿음이 자라던 시절이었다 창문은 비
참한 기분이 든다고 했다 창문은 더는 견딜 수가 없다고
했다 도도에게서 늦은 비가 내렸다 도도는 여름 내내 그
치지 않았고 창문은 내 얼굴을 쓸다 울기 시작했다 미래
가 기울어지고 있었다

도도

사실 오빠는 힘껏 당겨지고 있다 기침을 하면서 사각형 안에 햇빛을 그려 넣을 때 코끼리의 코끼리의 코끼리의 손거울을 놓고 신발을 모으고 주문을 외운다 오빠의 창백한 안색은 해로 높이 떠서 코끼리의 코끼리의 코끼리의 그림자로 이어진다 여긴 해변이고 여긴 책상이고 여긴 야자나무야 서랍장의 내벽이야 오빠는 거대한 동상 밑에 깔린 도도처럼 온종일 기침을 한다 조리대에 엎드려 우는 기분이 든다고 물고기들은 발을 모으고 태어난다고 야구공을 밖으로 던지며 그게 무슨 의미야, 라고 물을 때 오빠는 한쪽 눈을 가리고 코끼리의 코끼리의 코끼리의 코끼리의 말을 한다 어른들의 흔들리는 입김을 보라 오빠는 틀림없는 안개가 되는 중. 구멍 난 허공에서 비가. 비가 닿지 않는 곳에서 가위로 자른 새들이. 빈 운동장으로는 절대 오려지지 않는 축구공. 웅덩이. 낙하산과 햇빛. 오빠의 이마에서 버섯구름이 지워지지 않는 날이 많고 머리가 비행기로 날아서 온종일 격납고를 떠올리는 날도 많지만 희미해진 오빠 옆에서 부모를 잃었

다는 뜻을 알게 될 때 난 방공호로 달려간다 어른들은
왜 가늠쇠에게 비참한 마음이 든다고 말할까 공습이 끝
나면 빗물로 번져갈 필요는 없을까 과연 목덜미와 팔다
리가 길어지는 오후일까 오빠가 새로운 코끼리의 이름
을 짓고 야자수를 만들고 비둘기를 다시 날리면 코끼리
의 코끼리의 코끼리의 밤에 물을 주는 시간이 온다 오빠
는 아무것도 모른다 여긴 코끼리의 코끼리의 코끼리의
내부고 우린 지금 꿈을 모으는 중이야 내가 천장을 열자
잿더미가 되는 오빠는 코끼리의 코끼리의 코끼리의 불타
는 하늘을 보여주었다

아버지가방에들어가신다, 1/250

안식일

지금은 손목을 긋는 들녘이란다 손가락을 펴면서 나
는 자라난단다 꽃다발은 안 돼 같은 옷만 입는 어머니와
그렇지 않은 레몬과 왜 그래야 하냐고 묻는 회화나무와
뒤를 돌아보면 성읍이 잠긴다 뒤를 돌아보면 소금이 되
는 이상한 노래 이상한 촛대 이상한 타일 속에서 아이들
이 온종일 걷다 뒤를 돌아보면 지금은 손목을 긋는 들녘
이란다 손가락을 펴면서 나는 자라난단다 믿음으로 불
타는 서랍을 찾아 불타는 서랍에서 달아나는 마을을 찾
아 달아나는 마을에서 침을 뱉은 성자를 찾아 욕조 속에
서 뒤를 돌아보면 지금은 손목을 긋는 들녘이란다 빵과
비둘기가 없는 외벽에서 어머니가 운다 어머니의 울음은
회칠한 무덤이 되고 흙 묻은 옷깃이 되고 손가락을 펴면
서 나는 자라난단다 더 뭉개지는 레몬과 왜 그래야 하냐
고 묻는 회화나무와 뒤를 돌아보면 지금은 손목을 긋는
들녘이란다 창문 밖에서 가라앉는 방주를 믿어 제단 앞
에서 갈라지는 입술을 믿어 머리가 타는 기분으로 운동
장을 부르고 지금은 손목을 긋는 들녘이란다 손가락을

펴면서 나는 자라난단다 창백한 어머니는 경련하는 다리로 온다 기둥에 걸린 액자 앞에서 둘레를 돌면서 박수를 치면서 꽃다발은 안 돼 뒤를 돌아보면 지금은 손목을 긋는 어머니란다

레버

　태초에 색종이 색종이는 길어 길면 아버지 아버지와 아버지와 아버지와 우는 아버지는 아버지를 낳고 색종이의 형상으로 나를 공중은 길어 길면 공중에서 흩어지는 하늘과 종이비행기와 흔들리는 발을 잘라 손바닥에 붙이면 바나나 바나나는 길어 길면 방에서 방으로 이어지는 본문들 방언들 신령과 진정으로 아버지와 아버지와 아버지와 우는 아버지는 아버지를 낳고 지도실은 길어 길면 아버지의 이름들을 암송하며 걷는 형제들 자매들 심심한 토요일 아버지의 겨울은 짧고 환상은 길지 커튼이 있는 화장실에서 기도문을 외워 그러니까 장막과 반짝반짝 빛나는 단칸방에서 아버지와 아버지와 아버지여 아버지는 우는 아버지를 낳고 색종이의 형상으로 나를 실핏줄은 길다 길면 실핏줄이 터진 눈으로 양털이 잘 마르고 있다, 라는 구절을 외워 아버지 위에 아버지를 붙이고 아버지에 우는 아버지를 붙이고 우는 아버지에 기차를 붙여서 아버지에서 나를 자르면서 태초에 색종이 색종이는 길어 길면 오래된 아버지 변색된 바나나처럼

우는 아버지는 아버지를 낳고 아버지는 색종이의 형상

으로 나를 죽여

저녁

저녁은 가까운 양팔이 되고 저녁은 이별 중인 저녁이 된다 오래된 구두를 신고 혼잣말을 하는 저녁은 더 가난한 안개로 걷히는 저녁은 일요일의 오후와 일요일에 굳게 닫힌 공장 문과 신발장과 다시 일요일의 오후를 기억하고 저녁의 테두리를 걷다 저녁이 된다 저녁에는 죽어야 할 저녁이 있고 머리맡에서 머리카락을 흘리며 손을 놓아야 할 저녁이 있다 저녁은 저녁의 눈을 감기고 저녁은 저녁을 기대하고 저녁은 저녁을 간절히 먹는다 거울 뒤편으로 다가오는 저녁은 의자를 밀며 슬퍼질 때가 있다 침몰하는 저녁과 바닥에 누워 천장을 바라보는 가족과 빈 그릇을 씻는 저녁은 옷걸이에 저녁을 걸어둔다 저녁은 저녁을 회상하면서 거실 문을 잠그고 저녁 속으로 걸어간다 서랍을 비우고 바닥에 마르지 않은 수건이 있다 저녁에는 걸어야 할 복도가 많고 마주해야 할 깨진 창가가 있고 떠나간 실내가 있다 저녁이 되어야 할 저녁은 낯설고 차가운 이불 속에서 언 기침을 놓는 저녁에 있다

암모니아

비커 속으로 들어오는 날이었어요 풍선을 단 비명들이 빙글빙글 도는 방이었어요 거품이 되어가는 아버지는 하나와 하나와 하나가 더해져 하나를 이루시나니 어린 회전목마를 따라서 나무는 바람에 심히 흔들리고 있었어요 아버지의 일부를 저장하는 밤이었어요 화창한 날에 보았어요 보관된 성배 아름다운 샬레 그리고 추상적이지 않은 형상의 비커 안에서 비커 밖으로 비커는 너무 쉽게 끓는점이 되고 침을 흘리곤 해요 비커는 그래요 비커는 그렇게 잠에 들어요 비커는 그래요 비커는 그렇게 조금씩의 용량을 따라 절망이 되고 눈금을 기록해요 비커의 바닥에서 죽음이 동그랗다는 것을 아는 사람 있나요 비커는 오전이 되고 비커는 슬픔이 없어요 모든 비커를 열면 낙원이 있을 거라 믿어요 무릎을 모으고 입김을 불어 세계를 확장해봐요 신념을 잃은 손바닥들이 사방을 더듬는 날이었어요 문이 잠기고 눈을 감고서 가만히 미래를 흘리는 밤이었어요 수많은 형태의 지문이 아버지의 몸에서 비커 밖으로 간절한 커튼이 불타는 방이었어요

식물원

하루 종일 식물원에 앉아 있다
햇빛이 간격을 만들며 흔들렸다

식물원에는 물고기를 위한 방 한 칸
구부러진 소나무를 위한 창문 한 개
그리고 각설탕 하나가 필요했다

사방으로 난이
물과 피를 쏟고
종일 죄를 짓고

식물들은 공동체를 위한 일이라고 했다
사과는 이른 아침부터 건축되고
식물들은 젖은 구두를 밖에 내놓는다

단추를 하나 줍는다 단단한
테두리를 기억하려고 했다

식물의자 한 개와 식물모자를
기쁘게 생각한다 잔뿌리가 많은

식물들은 태어나자 손목을 자르고
빛이 더 들었으면 했지만 이제는
장미넝쿨에 관한 꿈을 꾼다

온몸에 비가 들고 잔가시가 돋고
아픈 친구들이 기침을 하며
이파리를 내민다

침착해진 식물이 말했다 얼굴을 닦았고 줄기 너머에
빛이 없었다 사실 창문도 없었고 창문 너머에 우산도 창
살도 구름도 없었다 세미한 음성도 거대한 바람도 없었
다 스스로 타는 불꽃도 언덕도 언덕 너머에서 걸어둔 모
자도 얌전한 처방전도 없었다 거짓말을 하며 기다릴 수

없었다 침착해진 식물이 진실을 말했다

단추를 하나 줍는다
식물침대 두 개와 저지방 우유 한 병을
기쁘게 생각한다 신념과 색감이 분명한

단추는 여러 겹의 식물원에게
분명한 밤이 아니었다 식물원에게는 편향된
증상이 없었으므로 사과는 이층 비계 너머로 건축되고
하루 종일 망치 소리를 낸다

사과는 멍든 채로 완성될 거야
침착해진 식물이 공동체에 관한 진실을 말했다
식물원에는 여러 장의 벽지가 발라졌고
나는 뜯겨진 오후 사이로 잠깐
외출을 다녀온다

빛이 더 들면 좋겠지만
무엇보다 아픈 친구들에게 긴 호스가 더 필요했다
친구들이 가쁜 숨을 몰아쉴 때마다
손으로 단추를 만졌다 단단한
테두리를 기억하려고 했다

몸속으로 자주 비가 들었다
이제 햇볕을 기다리지 않기로 했고
뾰족한 가시들이 돋아났고
단추들이 떨어졌다

옆에서 난이
물과 피를 쏟고
종일 죄를 짓고

식물원에 밤이
찾아온다

아무것도 아닌

아무것도 아닌 겨울이 아무것도 아닌 나무가 깨지기
쉬운 모서리에서 너희와 너희는 너희와 발맞추며 아무것
도 아닌 계단이 되고 아무것도 아닌 빈방이 된다 아무것
도 아닌 저녁이 아무것도 아닌 너희와 너희가 아무것도
아닌 팔들로 흔들린다 너희와 너희의 가능성과 너희의
조각들이 갈라진 너희의 운동장이 아무것도 아닌 창가
에 걸려 마르고 있다 단단한 의자가 그랬고 너희와 너희
는 조금씩의 너희를 떼어내고 아무것도 아닌 표정을 짓
는다 아무것도 아닌 타일이 아무것도 아닌 계단의 간격
이 너희와 너희를 마주하게 하고 어둑한 실내가 될 때 너
희와 너희의 손가락을 세며 우는 사람이 있다 너희와 아
무것도 아닌 너희의 이름을 쓰며 숨을 끊는 나무가 있다
살고 싶지 않다고 말하는 저녁과 살고 싶다고 말하는 저
녁에서 너희와 너희는 아무것도 아닌 요일이 되고 단단
한 구절이 되고 액자 없는 벽면은 차가운 물 밖으로 기
울어진다 아무것도 아닌 신념이 아무것도 아닌 구원이
아무것도 아닌 믿음이 아무것도 아닌 체념과 아무것도

아닌 낙원이 아무것도 아닌 너희와 너희는 너희와 발맞추고 너희와 어긋나고 모든 물가의 창문을 두드린다 아무것도 아닌 겨울이 아무것도 아닌 계단이 아무것도 아닌 너희와 너희가 깊어지는 아버지를 신고 햇빛들을 잃고 깊은 바다로 흘러갈 때 아무것도 아닌 저녁은 너희와 너희의 등을 밀며 슬퍼질 때가 있다 아무것도 아닌 저녁은 너희와 너희의 이름을 부르며 모든 접시를 내려놓을 때가 있다 아무것도 아닌 물결과 아무것도 아닌 고백과 아무것도 아닌 불빛이 아무것도 아닌 너희와 너희가 너희를 기다려 아무것도 아닌 팔들로 흔들리고 아무것도 아닌 창가에서 아무것도 아닌 물과 더운 피를 쏟고 아무것도 아닌 유서처럼 너희는 목을 드리운다

세월

창문이. 잠겨가는 바닷가가. 어린 해안으로 쓸려오는. 손바닥과 노란 회전목마. 희고 검은. 양들이 멈춘 곳에서. 저녁은 뒤를 돌아본다. 단을 쌓고. 모든 죄를 짓고. 저녁의 한 바퀴를 돌면. 돌아오는. 신발들. 낙원이 될 만한. 혹은. 모든 물가가. 쏟아지는. 비명이. 완전하지 않지만. 드문 정경과. 빛바랜. 저녁의 침몰이. 저녁의 몰락이. 바람에 날리거나. 부유하는. 젖은 머리카락들. 부푼 창문에 닿고. 간절한 창문을 열고. 팔목을 긋고서. 깨져가는 저녁은. 뒤를 돌아보지 않는다. 빛이 사라진. 의자와. 식탁과. 복도와. 커튼을. 공중에 달린 당신은. 멈추지 않아. 기념이 될 만한. 모든 피가. 쏟아진다. 다시. 쓸려온다.

파고

짧은. 간격으로 그려진. 앙상한. 형상과 신발. 너희들은. 어디로 가는 중인지. 내실에서부터. 복도와. 가로수와 가로수. 너머의 가로수까지. 너희는. 기울어진 너희들을 떠올려. 간절한. 저녁을 부른다. 손과. 다 자란 팔목을. 바라보면서. 너희는 너희들에게. 죽은. 소매를 내밀고. 쓰러진. 복도와. 커튼과. 식탁과. 의자를 밀며. 가로수와 가로수. 너머의 가로수까지. 빛과 노래가. 만나고. 번져가는 입김이. 화분이. 벽에서 들리는. 너희의 울음이. 오전 내내. 컵 속에 채워지는. 흑암과. 의지와. 바닥이. 믿음을 거스르고. 창가에서 벗어나고. 모든 문이. 잠긴다. 우산을 펴고. 너희들은. 어디로 가는 중인지. 밤새도록 너희는. 너희들을. 다스리고. 어긋나는 너희와. 발맞추고. 갈라지는. 너희들을 안고서. 너희는. 간절한. 저녁을 따라. 더 깊은. 바다로. 침몰한다.

강림

임하나니 임하나니 저녁으로 임하나니 저녁은 빈방과 마주하고 저녁은 저녁과 슬퍼하고 저녁은 저녁으로 임하나니 모든 가난한 식탁에서 모든 잠긴 물가에서 저 오래된 복도에서 헝클어진 머리와 머리로 임하나니 임하나니 저녁으로 임하나니 눈을 감고 빈 육체로 벗겨지는 가득한 저녁을 보라 이르시되 회전하며 불타는 저 어린 저녁을 보라 뼈가 물과 같이 흐르고 풍선을 쥔 아이들이 파도 속에서 사라지나니 반듯하게 잘린 손목을 창턱에 두었나니 임하나니 임하나니 눈을 뜬 저녁으로 임하나니 저녁과 저녁이 춤을 추고 저녁과 저녁이 저녁을 잉태하고 저녁과 저녁이 접시를 닦으며 모든 저녁이 되나니 간절한 저녁이 되나니 불타는 성읍으로 오나니 오너라 검은 봉투를 든 걸음들이여 오너라 나무 뒤에 숨는 사람들이여 눈을 감고 저녁으로 걷는 아들이여 포크를 쥐고 얼굴이 흘러내리는 기분으로 쏟아지는 화염을 보라 달걀을 쥐고 떠오르는 기분으로 쏟아지는 향로를 보라 머물러 가는 확신과 머물러 가는 믿음을 믿지 못하나니 아니 믿나니 유리창에 바친 저녁이여 소란한 방언으로 빛던 저녁이여 이제는 햇빛으로 양 귀를 다 지웠나니 이제는 물고기와 손목밖에 내밀 것이 없나니 의자 위에 간절한 발등을 남기고 임하나니 임하나니 마르지 않는 낙원으로 마르지 않는 화장실의 계단으로 임하나니 임하나니 저녁의 입김과 바람에 떨리는 창문을 믿지 못하나니 아니 믿나니 임하나니 임하나니 저녁으로 임하나니 저녁은 저녁과 마주하고 저녁은 저녁과 슬퍼하고 저녁은 기꺼이 흙을 삼키며 온다 저녁은 기꺼이 깨진 창문을 두드리며 온다 임하나니 임하나니 저녁으로 임하나니 모든 가난한 식탁에서 모든 잠긴 물가에서 저 오래된 복도에서 헝클어진 머리와 머리로 임하나니 임하나니 저녁으로 임하나니 사라진 아이들의 풍선을 흔들며 임하나니 임하나니 저녁으로 임하나니

유월逾越

　바람이 누군가 짧은 비명으로 오는 그런 바람이

　무릎을 꿇은 남자는 흰 벽에 흰 벽을 덧칠하는 그런

저녁이

　더딘 지문이 모든 벽에 내릴 때 채색되지 않은 자리에

서 메마른 손가락이 자라난다

　입김과 입김으로 번져가는 새벽이

　고통과 고통이 마주하는 겨울밤이

　주전자를 든 첫 아이가 까맣게 번져가는 땅 속에서 울

기를 시작하는 모든 줄기가

　물에 잠기고 하얗게 변색되고

　창문으로 짙고 푸른 개들이 귀를 세우며 온다

　모두가 모두에게 깨진 화분을 양보하는 대기실에서

간절한 선인장은 간절한 선인장에게 이별하며 터진 입술

을 깨물고 매설되는 마음과 성체와 손가락은 떨리는 빵

과 소금을 간절한 성호를

뒤를 돌아보는 여러 개의 나와 여러 개의 회전문과 여러 개의 울음과 여러 개의 지붕을 여러 개의 폭력과 여러 개의 촛불을 켜면서 빈 창가로 다가오는 백합화와 백합화의 불확실성을 생각하면서

　열기가 시작되고
　얼굴이 떨어지고
　손가락이 자라난다

　남자가 서 있는 고해소에서 겨울과 새벽이 나무에 달린 아들을 부르고 단단히 자라는 넝쿨이 사방에서 돋아나는 메마른 손가락이 복도가 되어야 할 저녁이 누군가 짧은 비명으로 오는 그런 바람이

　더 깊어지는 발밑으로
　단추를 하나씩 풀며

어두운 식물들이 온다

진실의 순간, 치즈

페디큐어

거울에서 팝콘 냄새를 맡아 오늘은 기분이 좋아 가위
로 발목을 다듬다 커튼을 열었어 창밖의 아이들은 동물
그림 우산을 폈고 친구들은 믿지 않았지 형에 대한 낙서.
발톱과 헛간에 관한 새로운 소문. 거울 안에 앉아 입술
을 그리고 검정 힐을 신어 벽면에서 주름이 지고 손바닥
에서 물이 흥건해질 때 팔을 들고 축도하는 성자와 형을
의심하지 않게 돼 일찍부터 코에 머리카락 끝을 대보는
습관이 좋았어 이제부터 새는 가느다란 무릎을 가진 화
분이고 사방은 형의 마스카라가 번져가는 표면. 의자는
아이처럼 밧줄을 쥐고 서 있다 창문과 거실의 깊이와 성
화가 걸린 벽면을 봐봐 손가락을 펼 때마다 형은 짧아져
형은 사소해 형은 다변해 점점 충혈이 되는 벽지 앞에서
형은 귀를 막으며 긴 속눈썹을 깜박인다 그럼 난 화분에
머리를 넣고 다년생 요일이 되지 입에서 달이 녹는 기분
으로 천장을 봐봐 허리가 예쁘다고 말해줘 창백함을 견
디기 위해 커튼 밑으로 설탕들이 떨어졌고 거울 속을 걸
으며 빈 들에 과연 백합화가 피느냐고 물었어 거울 밖을

걸으며 빈 들에 과연 백합화가 피느냐고 물었어 부모에

게 뺨을 맞을 때 거실이 깨졌고 스무 개로 조각난 형은

샤워기에 목을 매고 있었어

화상

여자의 손목들이 번져간다 입술이 사라진 여자는 비
음을 만진다 머리가 반듯하게 잘린 오후처럼 모든 손가
락을 입속에 넣은 일요일처럼 열기와 마주한 얼굴들을
위해 달콤한 설탕에서 아이를 꺼내기 위해 여자는 욕조
에 몸을 담근다 설탕을 찾을 수가 없었어 검은 모자와
흰 장갑 그 밑에서 여자의 손목들이 길게 나올 때 창문
이 흔들리고 의자들이 모이고 손톱이 까맣게 죽는다 금
붕어를 위한 곡이라고 말했어 피아노가 있는 사탕 가게
를 아느냐고 물었어 하루 종일 창문으로 달려가는 설탕
들에게 구름을 메고 문을 두드리는 아이들에게 손바닥
을 확인하는 저녁 결국 설탕을 찾을 수가 없었어 새를
찾을 수가 없었어 사라진 문을 그리며 두 손을 찬물에
담그며 식탁 앞에 모인 설탕들을 생각하며 눈을 뜬 여자
가 아이의 이름을 부를 때 아이가 몸을 마는 구석에서
골목들이 들러붙는다

바닐라

바닐라는 긴 울음을 꺼내 먹는다 울음은 뜯기기 전부터 고소한 냄새를 냈다 타일은 더 비좁아졌다 바닐라는 김이 나는 울음을 집어 창가에 올려 먹는다 바닐라가 울음 앞에서 거대한 혀를 내밀 때 울음이 고개를 숙였다 손을 모으고 입속으로 들어갔다 한 덩이의 울음이 엎드려 부푼 성대 하나를 움켜쥐었다 단단한 울음이 잘리고 깨지면서 울음의 터진 머리 위로 붉은 등이 아기의 양팔이 끊어지는 이물감을 느꼈다 울음이 죽을 때 바닐라의 혀는 더 빨개졌다 울음이 죽을 때 잠긴 문들이 흔들렸다 힘없이 사라지는 천장을 보던 바닐라는 덧니를 느끼며 벽에 머리를 기댔다 바닐라는 미명까지 피를 쏟았다 아기들이 버려졌다 그 위로 파리가 공중을 그렸다 울음을 다 집은 젓가락이 있다 그 자리에 신문지로 싼 바닐라가 놓였다

점점

　세잔의 나비들은 제자리에서 깍지를 낀다 저수지의 하늘에 화장실이 걸려 있다 발끝에서 나비들이 액자처럼 난다 난다 난다 나비들은 소리 없이 문을 열고 몸을 버린다

　구름의 윤곽이 조금 흐려졌다는 믿음은 사물들이 욕조로 이동한다는 믿음을 형광등을 끄고 사물들을 수건으로 닦아내는 믿음은 얼굴들이 피처럼 지워졌다 나타나는 믿음을

　손뼉을 칠 때 몸을 터트리는 중이라고 말한다

　입김이 깊이 가라앉는다 물 안에서 아버지가 아무 말도 없이 일어선다 두 손으로 아버지의 정수리를 누르고 누르면 눈을 치켜뜨고 발버둥치는 수면

　편하게 갈라지는 구름처럼 부풀어 오르는 몸을 보거

라 거울 속의 핏물은 더 검어지거라 저수지의 바닥이 깊
어질수록 욕조에서 비린내가 났다 터진 손바닥이 낳는
것이라고 믿는다

　잠긴 아버지는 세잔처럼 울지 않는다 심심하게 걸린
우리는 점점 욕조에 날개들이 넘쳐흘렀다 색채가 풍부
해질 때 현기증을 느낀 나비들이 익사하는

　물을 지운다

　저수지는 단단하게 잠겨 있다
　화장실에서는 아무도
　걸어서 나오지 않는다

라의 라

먼 곳에서 먼 곳으로 날아간 라의 형식과 라의 신발 다듬어지지 않은 감정들은 나무가 되고 있을지 몰라 라의 색깔들이 점점 옅어지고 종일 비가 오는 오늘의 기분은 좁은 탁자와 우산대가 만나는 지점 조금 이국적인 사원으로 고개는 라의 왼쪽으로

태초에 한 그루의 라가 있을 때 난 창가에서 심심한 기원을 그린다 밤낮으로 라를 부르고 컴컴하고 조용한 라의 구석에서 한데 묶은 어른들의 외로움이 발끝을 축축하게 한다 밝은 옅은 배색으로 가득해 접시를 막대기로 돌리며 병원은 아주 긴 침묵을 견딘단다

창가 너머와 계단 너머에서 새로 태어나는 친구들 양팔을 벌리고 라의 신발을 가지런히 놓고서 아무 곳으로 갈 수 없는 아주 간단하고 분명한 햇빛을 (쉴 새 없이 달리는. 균형을 잃은 노트. 어른들의 행군. 나치의 종말. 마로니에 공원.) 라의 요일에서 라의 라를 암송하면서

여기는 달팽이 여기는 화장터 여기는 유리관 여기는 스펀지, 울음은 염색되지 않아 컵 속의 물방울을 하나 더 터뜨리면서 사라진 친구들은 라의 울음을 배우고 울음을 다 배우면 서성거리는 마음과 헤어진 사람의 안부와 의자를 공유해

　가끔 나는 화창함이 그립다 손바닥으로 흘러가는 낮은음으로 그냥 하루 종일 라 오늘은 어두운 바나나가 올 모양이야 커튼 뒤에 숨은 라는 라를 알지 못한다 우리가 포함된 음악실에 대해 어쩌면 이곳은 우연에 가까운 화병 혹은 그냥 하루 종일 라

모노레일

바다의 귀에서 이른 비가 내렸다 바다는 한쪽 뺨을 수면에 대고 입술을 터트렸다 내일이 길어진다고 했다 레일이 끝없이 길어진다고 했다 바다의 먼 곳에서 조등을 켠 얼굴들이 부유했다 계속 밀려오는 믿음을 보고 있었다 이불에 젖지 않는 확신을 가져야 했다 누구도 흘러가는 바다 앞에서 울지 않았다 절벽으로 입을 막은 여자는 목이 길어지는 아이의 손을 잡고 안개 속으로 걸어갔다 늙은 성자와 연인만이 해변에 앉아 헤어지기로 했다 모든 신발을 벗고 다 잃어버리기로 했다 바다가 숨을 모아 간절한 이름들을 부를 때 양철지붕으로 만든 모노레일이 바다 속으로 떨어지고 있다

피와 냄새

도축장에서 우리는
기도하며 기다려요

기다려요 최후가 아닌 수단으로서
몸을 맡긴 채 하나의 대상으로서
물에 젖은 구경거리로서
식탁 위의 머리카락으로서
더 미온적으로 울음과
안녕을 주고받으며

간결한 오락과 방파제의 우리는
일요일의 좁은 비명 속에 나 있죠 천진난만한
독생자를 본 적 있나요

아버지의 회벽을 세우고
가느다란 솟대를 기울이면서
벽을 따라 천천히 복도로 가면

물 위를 걷는 사람은 파도에 잠겨요

커튼과 소금 경건함과 비둘기

햇빛 비치는 핑크를 향하여

팔목을 내밀어 창밖으로 보이는 백향목과

사방으로 깔린 주사기와 황금지붕, 백합화 그리고

낙원과 구원에 관한 사소한 거짓말들

형제요 자매는 하나의 순서를 원해요

공중에 걸린 성자를 위해서요

강요된 침몰을 원해요

완전한 수습을 원해요

비옵나니 비옵나니 비옵나니

커튼을 비옵나니

가해자의 즐거움으로

갇힌 자의 입김으로

나무 아래서 뱀을 바라보는 기분이란

목에 묶인 노끈에 감사하는 마음으로

절망하는 기쁨과 사과와

캠핑카와 정육과 소와 인간과

구원을 받지 못한 부표와 의지를 위해

경건하지 않은 삼등실을 위해

간절히 더 간절히

더 이상 개인적인 죽음에 끼어들지 말라고

우리는 더 차별적으로

앙상한 뼈와 물고기를

우리는 조금 더 빛나는 회전문을 열고

더 완전한 피와 냄새로

새 하늘과 새 땅을

불타는 초목을

우물가에서 우리는

비명을 지르는 돼지처럼

기울어진 채로

기다려요

더 간절한

피와 냄새를

원해요

컷, 비네팅이 되는

겨울의 공터

개다리소반은 나의 공터 내 친구들은 다 어디로 갔을
까 그림을 그리다 눈을 감고 비듬을 털었다 소반 위에서
바람이 불고 눈 같은 비듬이 내리면 누워 있는 아버지는
잔기침을 뱉었다 붉은 눈덩이가 나올 때까지 집 전체가
들썩였다

비듬을 다 털었으면 잘 불어줘야 해 교실에서 친구들
이 내 얼굴에 대고 바람을 불었다 밥을 먹을 때면 궁금
해졌다 우리 집은 과연 수수깡일까 아버지는 전기장판
위에서 물을 흘리는 것을 알까 머리카락과 침을 흘리는
눈사람 청소부에서 주방이모로 바뀐 어머니는 아버지의
몸을 손님상처럼 훔쳤다

선생님은 부반장을 데려왔고 가발을 쓴 아버지는 관
에 눕혀졌다 훨씬 좋아 보여요 누군가 눈사람에게 목도
리를 감아주고 누군가 깔깔한 장갑과 버선을 신겨주고
누군가 눈뭉치 같은 솜을 아버지의 입속에 틀어넣었다

손등은 화장실 타일처럼 터져갔지만 눈이 오는 겨울
이 좋았다 운구를 마친 사람들이 전구처럼 줄지어 산길
을 내려가고 있었다 나는 아버지가 내심 내 비듬털기를
부러워했다고 어둠의 소반 하나를 가져다가 비듬을 털
고 있다고 어머니의 어깨 위에 쌓이는 눈을 보며 휘파람
을 불었다

어물전서魚物廛書

타륜(舵輪)에 도넛이 걸렸느냐

그는 사람을 낚는 어부 짝짝이 장화를 신은 선장이라네 애꾸눈이라는 말도 있고 선창에서 갈고리 왼손을 직접 봤다는 사람도 있었지만 소문 속엔 모래만 무성 한 가지 분명한 건 흰색 가운을 입고 신기(新奇)와 신기(神氣)를 부리는 단발머리 미숙련공이라는 거 일할 때 웃지 않는다는 점이네

서부시장에서 가스통을 매단 주공아파트까지 수심 이만 리는 족히 될 터인데 그는 전깃줄을 감으면서 오네 수신호도 없이 오백 촉짜리 집어등을 켜고 그물 한 채를 던지는데 연탄이 없어지고 화장실 타일이 자주 깨지는 걸 보면 헛그물질만 하는 모양 한밤중에 가래 뱉는 소리와 채찍질하는 소리 들리네

엄마는 뚱뚱하고 형은 집을 나갔고 나는 피라미였으

니 걸린 건 아빠 팽팽한 그물코가 머리에 닿을 때 아빠의 입속에는 소금물이 차네 손등을 이마에 대고 엎드리지만 펄떡 뒤집히네 애들은 어떻게 하느냐고 사정해도 방생일어(放生一魚)의 기적은 없네 최 서방, 살만하니 가네 이웃들은 발을 모으고 할머니는 몸 안으로 머리를 넣고

아빠는 일요일에 당겨지네 발목을 잡았는데 뱃놈의 손아귀는 얼마나 센지 찬송가 사절 후렴구 같네 친척들이 아빠를 더 불러보라고 아빠 손을 더 잡아보라고 할 때 새 그물은 새 부대에 담는 법 그는 선상수훈(船上垂訓) 떡밥 하나를 물속으로 던졌고

시장에 가면
얼음 속 아빠 한 마리
가라사대 옆으로 눕혀진
동태라네

판탈롱 판타지

I

숨겨둔 검을 들었다 그것은 용머리 철물점에서 만든 연탄집게 겨울보다 차갑고 새벽잠보다 무거워 단번에 뽑히지 않았다 검을 거꾸로 쥐고 베란다로 갔다 냉골의 마법이 시작되었어 무섭지 않아 벽면에 오와 열을 맞춘 연탄괴물들 흑인기둥이 되는 전설은 귀 아프게 들었다 머리통 하나를 골라 정수리에 검을 바로 꽂았다 비명 없는 전투의 밤 달이 떴나? 광 안에 머리 하나를 집어넣었다 불을 가져오는 운명을 직감했다

II

'엄마야' 하고 달아났다 파마 봉지를 쓴 메두사가 바짝 쫓아왔다 역사가에 따르면 그날은 햇빛 좋은 토요일 오후, 메두사는 미용실에서 머리카락을 한껏 부풀리고 있었다고 한다 문제는 순서를 기다리고 있던 음유시

인의 노래 시인은 오락실에서 내가 학원비를 환전하는 단편서사시를 읊고 말았다 헤어롤은 말리고 봉인은 풀리는 순간 메두사는 단번에 검을 빼 들었다 가방이 나를 매고 검을 피해 미친 듯이 달렸다 철조망 사이로 별이 뜰 때 나는 반짝이는 외로움을 보았다

Ⅲ

아버지는 잔 근육을 모아 방망이를 휘둘렀다 내 비너스의 비디오가 아버지 앞에서 상영된 것 음소거는 해두었으나 정지버튼을 누르지 못한 실수였다 메두사가 머리를 디밀며 말렸지만 어깨와 엉덩이에 천둥이 쳤고 티브이가 가볍게 창틀을 넘었다 숨겨야 할 사랑은 아침드라마처럼 시작되는 법 자전부전이라고 아버지는 봄바람 대신 춤바람이 나고 말았다 아버지가 판탈롱의 여인들과 야광의 불스텝을 밟고 있을 때 메두사는 다시 검을 들었다 옥상에서 나는 두 번째 꽁초에 불을 붙였다

외가

어머니는 물탱크에서 발견되었다 그곳은 모든 쥐가 있었다 마을 사람들이 지붕에 불을 놓는다

할머니, 할머니는 안 자고 뭐해? 실눈을 뜨면 머리맡에서 춤을 추는 할머니 냉장고에 촛불과 부적과 어머니의 영정이 놓였다 실뱀들이 소주 됫병에서 목을 기르고 할머니는 부엌에서 손가락을 찧는다 파리를 죽이면 전구에 불이 들어오니라 문지방에서 할머니의 머리가 자꾸 터진다

감나무에서 삼촌이 눈짓할 때 난 오줌을 싼다 마을 사람들이 삼촌 얼굴에 손전등을 비추고 장대로 그를 끌어당길 때 입꼬리를 계속 올리는 삼촌은 감나무에 걸려 있었다 종종 내 뒤에 서는 삼촌은 내 양쪽 귀에 손바닥을 대고 내 목소리를 낸다 마을 사람들이 삼촌 구두를 불구덩이에 던진다

할아버지의 낫을 주워 숫돌 위에 놓는다 니 엄마는 천하게 컸다 자개장롱에 할아버지 입술이 군데군데 붙어 있다 당신은 냄새가 역했지만 더 많은 쥐를 갖고 싶어 했어 자개장롱에서 백학이 날았고 개천이 흘렀고 주막이 있었는데 가끔 툇마루 밑에서 쥐와 어머니의 손톱이 튀어나왔다

우리는 그리 간단한
문풍지가 아니에요

장롱 밑의 어머니는
가만히 팔을 뻗어
나를 찾는다

포도 속의 포도

실밥이 터진다 켈로이드*에서

시작된 것이라고 믿는다

주먹을 쥐고 술을 먹는 날은

발밑으로 포도 물이 떨어지는 날

손바닥으로 입을 가린다

몇 마디의 사실을 멀리 뱉었을까

입속에서 포도씨를 굴린다

말을 걸지 않았던 것은 포도처럼 얌전하고

말을 걸었던 것은 포도처럼 신물이 난다

손가락으로 멍든 곳을 누르면

껍질 밖으로 새나가는

신주머니와 고장 난 스피커

젖은 머리카락과 야광 운동화

양팔로 동심원을 그리던 너는

풍선처럼 웃었다 터지지 말자

오래된 믿음은 간지럽고

포도 밖의 너는 포도를 꿰맨다

네 바느질은 연속되는 자음 같아

두 손을 모아 비명을 질러도

터지지 않을 포도 속의 포도

뜨개바늘과 주사바늘을

번갈아 보는 너가 있다

포도 밖으로 핏줄이 터진다

* 피부의 결합 조직이 병적으로 부풀어 오르는 양성 종양.

나무는 상처가 많은 사람*

나무는 상처가 많은 사람 꽃을 피워 당신에게 고백을 했던 사람 나무는 상처가 많은 사람 바람에 물을 흘리며 두 팔을 벌리는 사람 나무는 모든 창문에게 말을 거는 사람 당신과 당신의 창가를 떠나지 못하여 서성이는 사람 나무는 상처가 많은 사람 상처가 많아서 당신의 이름을 부르는 사람 나무는 당신의 저녁이 되려고 길가에 서 있다 당신과 당신의 얼굴을 들여다보며 소리 없이 우는 나무는 비를 피할 줄 모르는 사람 구름에 발등부터 젖는 사람 눈을 잃은 나무는 얼굴을 붉혔고 손을 잃은 나무는 당신 앞에서 뒤를 돌아보지 않는다 나무는 상처가 많은 사람 입김을 불어 한 철에 구두를 신었던 사람 나무는 당신을 위해 돌을 맞는 사람 그러다 당신을 사랑했던 사람 나무는 온종일 잎사귀를 뒤집으며 서 있다 당신의 배경이 되려고 당신이 좋아하는 노래가 되려고 휘파람을 부는 나무는 상처가 많은 사람 나무는 상처가 많아서 이름을 남기지 않는 사람 나무는 주소를 다 지운 사람 당신은 무겁고 가난한 나무를 따라 숲으로 건너가려는 사

람 당신은 나무 아래에 서서 상처가 많은 나무가 되려는

사람

* 「조금은 불행한 사람」을 쓴 오자성 시인께. 그리고 태형, 선희에게.

단지 실패할 뿐. 단지 그러할 뿐. 다만 진실로 실패할 뿐.

임지훈(문학평론가)

> 온 세계가 어둡고, 맹목적인 죄악이 끊이지 않고,
> 거리마다 바보들로 가득하다.
> ─ 제바스티안 브란트, 『바보배』 중에서

세계는 아름다운가. 세계는 질서적인가. 세계는 숭고한가. 그렇다면 세계는 선한가. 아니면 선이 세계일 따름인가. 진리와 선함과 아름다움은 세계로부터 발원하는가, 아니면 진리와 선함과 아름다움을 향해 세계는 나아가는가. 세계가 먼저인가, 아니면 진리와 선함과 아름다움이 먼저인가. 세계를 둘러싼 질문들 가운데서 확실

한 것은 이 세계의 타락이다. 제바스티안 브란트가 종교
혁명 직전의 세계상을 그린 『바보배』에서 말하듯이, 세
계는 어둡고, 죄악이 넘치고, 바보들이 넘쳐난다. 과학
의 발전과 윤리의 발달과는 무관하게 세계는 왜 어둡고
죄악이 넘쳐나는가. 모든 것이 질서정연한 가운데 왜 모
든 것은 혼란스러운가. 그러한 세계에 대해서, '정상인'
의 눈은 썩 신뢰할 만한 것이 못 된다. 그의 눈이란 세계
에 대해 거리를 갖고 바라보는 시점의 지점이 아니라,
세계에 너무나도 깊게 침윤되어버린 지점에 불과하기
때문이다. 그러나 이 말은 결코 광인의 눈이 진실의 시
각을 소유하고 있다는 말이 아니다. 그는 세계가 부정하
다는 것을 알고, 속임수와 혼란 가운데서 자신을 끄집어
내고자 시도하지만, 속지 않기 위해 세계에 발을 담그길
꺼려하는 그 모습은 세계에 대한 냉소이지만, 단지 냉소
에 불과할 뿐이다. 아무것에도 속지 않기 위해 세계로부
터 괴리된 그 모습에서, 우리가 발견할 수 있는 것은 가
능성이 아니라 쇠락의 그림자다.

　최세운의 시집 『페디큐어』에 대해 말하기 위해서는
먼저 세계에 대한 객관적인 통찰이 필요하다. 그리고 이
렇게 마련된 '객관'의 지평 위에서 다시 한번 주관으로

서의 세계를 끄집어내야 한다. 쇠락하고 퇴락한 세계 속에서 마찬가지로 쇠락하고 퇴락한 주체의 상을 마련하는 것이다. 이렇게 등장하는 객관과 주관의 대비 속에서, 주체 또한 세계와 마찬가지로 쇠락하고 퇴락하였다는 그 동일성을 발견하는 것이 최세운의 세계를 여는 첫 과정이다. 가령 예를 들어, 점령군에 의해 "마을의 모든 새가 도살"되고 "어린 니체가 강대상 뒤에서 울"고 있는 「라가」의 세계에서, "두번째 산이 폭발"하고 "계단을 잃은 발목들이 바닥으로 떨어"지는 「폼페이」의 세계에서 주체는 세계 속에서, 세계와 어긋나지 않는 모습으로 존재한다. 그 모습은 '라가Raca', 성경에서 말하듯 무가치하고 쓸모없으며 속이 텅 빈 자의 모습에 불과하다.

　세계와 불화하거나 혹은 질서정연한 현대적 욕망의 흐름 속에서 탈주하는 모습을 기대한 사람이라면 이렇게 무능력하고 무감한 최세운적인 시적 주체의 모습을 유아적이라고 바라볼 수도 있겠다. "신부님과 요리사"로부터 "처방전"을 받아들고(「는다는 는다를」), 단지 말장난을 치듯 세계를 조망하는 모습과 자꾸만 실패하는 아버지로부터 자신의 실패를 예기하는 주체의 모습이란 세계와 어떤 거리도 확보하지 못한 채, 어떤 시적 가능성을 담지하는 데에 실패하고 있는 것처럼 보이기 때문이다. 그렇기에 한편으로 그의 시에서 시적 주체는 단지 세계의 쇠락과 퇴락을 효과적으로 전시하기 위한 갤러리처럼 보이기도 한다. 그리고 이 갤러리는 자주 실패하고, 쓰러진다. 자주 등장하는 '발목'이라는 기표가 잘려나가고, 불타오르고, 어디론가 사라져버리듯이 말이다. 이와 같은 모습이 극단적으로 드러나는 것은 「마음대로 자동화」인데, 이 시에서 주체는 무언가 많은 행동들을 하고 있는 것처럼 보이지만, 실제 여기에서 작동하는 주요한 행동의 기제는 능동성이 아니라 수동성이다. "기억해줘요 만져줘요 버려줘요 한쪽 발을 들고 폭발해줘요"에서부터 "전시해줘요 화장해줘요 장미해줘요"라고 말하는 주체의 발화는 스스로 무언가를 이뤄낼 수 없는, 무능력한 주체의 모습을 단적으로 보여준다.

　이 무능력한 주체의 모습은 그래서 세계를 전시하는 갤러리라는 의미 외에는 다른 어떠한 의미도 담지하지 못하고 있는 것일까. 단적으로 말하자면 그러하다. 하지만 동시에 중요한 것은 이 단적인 그러함이다. 단지 세계의 모습을 어떠한 희망도 낙관도 없이 담아낼 때, 주체가 세계를 전시하는 갤러리로 전락하고 그 사이에 존

재하는 최소한의 차이마저도 희미해질 정도로 동화되는 것이 중요하다. "마을이 불타며. 굴뚝이 불타며. 당신이 불타며. 노래가 불타"(「몬순」)는 이 세계에서,「서머/타임에 라도」「라라」「요일은 노란」「양의 량」등의 시에서 궁극적으로 그 중심기표가 어떤 의미에 가닿지 못하고 실패하고 마는, 텅 빈 허밍처럼 세계에 잔류하게 되는 그 양상이 중요한 것이다. 이는 곧 주체의 발화들이 어떠한 중심 기표를 통해 의미망을 이루는 것에 실패하고 있다는 의미인데, 이러한 주체의 실패, 의미의 실패는 단지 주체의 실패에만 한정되지 않기 때문이다. 주체가 세계에 완전히 동화될 때, 주체가 세계의 실패들을 전시하는 갤러리로 전락할 때, 주체의 실패는 곧 세계의 실패다.

이 순간, 세계와 주체의 관계는 반전된다. 주체는 세계에 종속되어 있기에 실패하고 말지만, 이러한 주체의 실패는 곧 세계의 실패를 암시하기 때문이다. 그렇다면 주체는 세계에 의해 실패하는 자이지만, 그 실패를 적극적으로 따를 때 주체는 세계를 실패시킬 수 있는 능동성을 획득한다. 때문에 최세운의 시에서 등장하는 무의미해보이는 기표들은 그 무의미 자체에 의미가 있다. '라

라'라거나 '노란'이라거나 '양'이라거나 하는 기표들이
어떤 의미를 획득하지 못하고 단지 허밍에 불과한 것으
로 그의 입안을 맴돌 때, 실패하는 것은 개인의 발화를
넘어 세계의 실패를 의미하게 되기 때문이다. 그렇기에
어떤 총체적인 의미망의 구성이 실패하는 그의 시들은
역설적으로 세계를 실패시키는 강력한 수단이다.

이렇게 실패한 세계의 상을 최세운은 '밤'이라는 기
표를 통해 시각화시킨다. 「마음대로 자동화」 「야뇨증」
「아라베스크」 「양의 량」 「모과와 과테말라」 「암모니아」
「식물원」 「유월」과 같은 시들에서, 세계는 질서를 잃고
뒤죽박죽으로 뒤섞인 모습이다. 마치 히에로니무스 보
스가 그린 지옥의 모습처럼 세계는 불타고 뒤섞이고 흐
르고 폭발하고, 사물과 생물들은 상징계의 질서에 따른
자연스런 배치에서 벗어나 혼란스럽게 표류한다. 그래
서 이 표류 속에서 드러나는 것은 주체, 사물, 생명들과
같은 주어들이 아니다. 그것들은 이미 제 고유한 의미를
잃어버린 지 오래이기에, 여기에서 오직 생동하는 것은
술어들뿐이다. 술어들을 통해 세계는 질서정연함을 잃
어버린 채 표류하고 유동하고 약동하는 모습으로 변모
한다. 주체의 실패를 통해 『페디큐어』는 궁극적으로 세

계의 실패를 견인해내는 것이다.

　짧은. 간격으로 그려진. 앙상한. 형상과 신발. 너희들은. 어
디로 가는 중인지. 내실에서부터. 복도와. 가로수와 가로수.
너머의 가로수까지. 너희는. 기울어진 너희들을 떠올려. 간
절한. 저녁을 부른다. 손과. 다 자란 팔목을. 바라보면서. 너
희는 너희들에게. 죽은. 소매를 내밀고. 쓰러진. 복도와. 커튼
과. 식탁과. 의자를 밀며. 가로수와 가로수. 너머의 가로수까
지. 빛과 노래가. 만나고. 번져가는 입김이. 화분이. 벽에서 들
리는. 너희의 울음이. 오전 내내. 컵 속에 채워지는. 흑암과.
의지와. 바닥이. 믿음을 거스르고. 창가에서 벗어나고. 모든
문이. 잠긴다. 우산을 펴고. 너희들은. 어디로 가는 중인지.
밤새도록 너희는. 너희들을. 다스리고. 어긋나는 너희와. 발
맞추고. 갈라지는. 너희들을 안고서. 너희는. 간절한. 저녁을
따라. 더 깊은. 바다로. 침몰한다.

– 「파고」 전문

　그렇게 최세운은 『페디큐어』에서 세계의 갤러리로서
의 주체의 실패를 통해 궁극적으로는 세계의 실패를 견
인해낸다. 이와 같은 실패 속에서 세계는 반죽덩어리처
럼 뭉개진다. 주어들은 특정한 의미를 소지하지 못하
고, 세계의 의미망은 무너진다. 그럼에도 불구하고 명사

들은 '밤'이라는 시공간 속에서 제멋대로 이곳저곳에서 출몰한다. 무의미한, 단지 출몰할 뿐인 명사들로 세계는 환원되고 마는 것이다. 여기에서 세계와 그에 동화된 주체 사이에서 최소한의 차이가 발생한다. '실패'가 세계의 무능의 징표라면, 주체의 '실패'는 세계의 무능을 드러내는 주체의 권능이다. 주체가 세계에 종속되어 있을 때, 주체의 실패는 필연적인 것이지만 그것이 실제로 이뤄질 때 이 필연은 세계 자체를 뒤흔드는 사건이 된다. 때문에 세계 속에서, 정말로 무능한 것은 실패로부터 벗어나고자 안간힘 쓰는 자이지 실패하는 자가 아니다. 실패하는 자는 역설적으로 세계를 파산시키는 힘의 주인이다. 『페디큐어』의 진실함은 여기에 있다. 필연적인 실패에 대해 저항하거나, 탈주하거나, 불화하고자 안간힘을 쓰는 것이 아니라 실패 그 자체를 정말로 실현시켜버리는 주체의 절대적인 수동성. 그 수동성을 통해 모든 의미는 반전된다. 아주 얼핏 드러나는, 마치 점멸처럼 드러나는 주체의 능동성이란 그러한 기반을 통해 해석되어야 한다. 정말로 실패해버린 자만이 세계를 진정으로 무너뜨릴 수 있다는 역설적인 능동성 말이다.

『페디큐어』는 세계를 무너뜨린다. 단지 그것뿐이다.

다만 그것이 중요하다. 진실로 실패한다는 것이. 그러니 함께, 실패하자. 철저하게, 무능하게, 비관적이게, 어떠한 희망도 없이. 그렇게 모든 것이 망쳐지고 모든 것이 불타버리고 모든 깃이 흩어졌을 때, 그때 우리는 비로소 어떤 출발선에 서게 되는 것이다. '안녕'을 '안녕'이라고 말할 수 있는 때에, '안녕'이 진정으로 '안녕'이 되는 때에. 그때에 비로소, 우리는 태어날 수 있을 것이다. Happy Birthday, My Dear World.

　　너를 모으는 중이야 휘파람과 휘파람과 휘파람과 함께 비가 온다면 우리는 하얗게 흘러가버릴 거야 시트를 머리끝까지 덮어줄 때 알록달록, 이라고 발음해보자 반쯤 뜬 눈꺼풀을 천천히 내려줄 때 안녕, 하고 꼬리를 흔들어보자 너는 난간 밖으로 나가자고 해 손을 놓치지 말아야 해 우리는 이제, 어린 량이야

─ 「양의 량」 부분

페디큐어
ⓒ최세운

2021년 3월 31일 초판 1쇄 펴냄

지은이 최세운
펴낸이 김재범
펴낸곳 (주)아시아
출판등록 제406-2006-000004호
주소 경기도 파주시 회동길 445
전화 031)955-7958
팩스 031)955-7956
전자우편 bookasia@hanmail.net

ISBN 979-11-5662-530-8 03810

* 값은 뒤표지에 있습니다.